AF377911

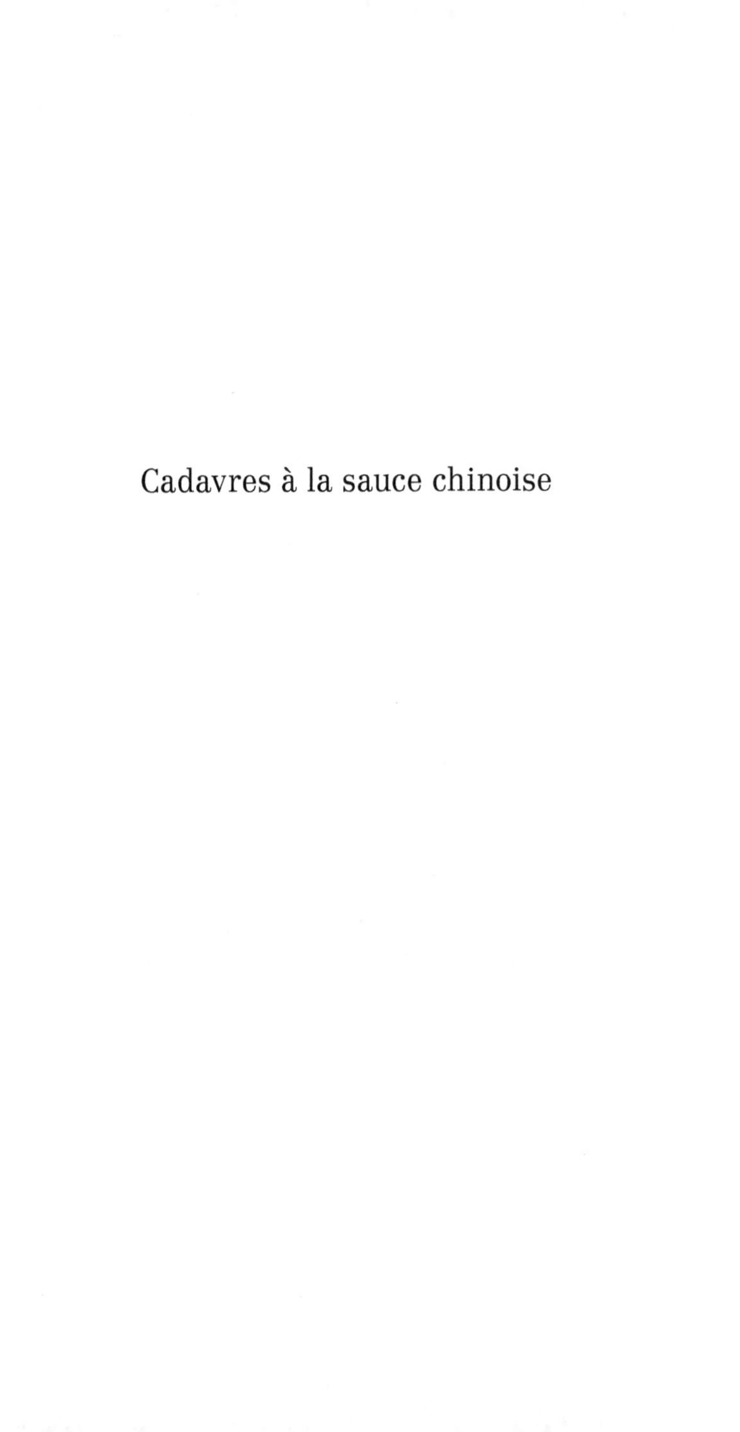

Cadavres à la sauce chinoise

DU MÊME AUTEUR

Romans et nouvelles

R.I.P. Histoires mourantes (nouvelles), Ottawa, Éditions David, 2009, coll. «Voix narratives».

Ainsi parle le Saigneur (polar), Ottawa, Éditions David, 2006, coll. «Voix narratives et oniriques».

Le cri du chat (polar), Montréal, Triptyque, 1999.

Le perroquet qui fumait la pipe (nouvelles), Ottawa, Le Nordir, 1998.

Livres pour ados

Le député décapité (polar), Ottawa, Éditions David, 2014, Coll. «14/18».

Un moine trop bavard (polar), Ottawa, Éditions David, 2011, Coll. «14/18». Prix du livre d'enfant Trillium 2013.

On fait quoi avec le cadavre ? (nouvelles), Ottawa, Éditions David, 2009, Coll. «14/18».

Ainsi parle le Saigneur (polar), Ottawa, Éditions David, 2007, Coll. «14/18». Prix des lecteurs 15-18 ans Radio-Canada et Centre Fora 2008.

Ouvrage traduit

In the Claws of the Cat (polar), Toronto, Guernica Editions, 2006. Traduction de *Le cri du chat*.

Claude Forand

Cadavres à
la sauce chinoise

POLAR

David

Catalogage avant publication de Bibliothèque et Archives Canada

Forand, Claude, 1954-, auteur
    Cadavres à la sauce chinoise / Claude Forand.

(14/18)
Publié en formats imprimé(s) et électronique(s).
ISBN 978-2-89597-550-2. — ISBN 978-2-89597-579-3 (PDF). —
ISBN 978-2-89597-580-9 (EPUB)

    I. Titre. II. Collection : 14/18

PS8561.O6335C33 2016   jC843'.54   C2016-905676-7
                                       C2016-905677-5

L'auteur remercie le Conseil des arts de l'Ontario pour son soutien lors
de l'écriture de ce roman.

Les Éditions David remercient le Conseil des arts du Canada,
le Bureau des arts francophones du Conseil des arts de l'Ontario,
la Ville d'Ottawa et le gouvernement du Canada par l'entremise
du Fonds du livre du Canada.

Les Éditions David
335-B, rue Cumberland, Ottawa (Ontario) K1N 7J3
Téléphone : 613-695-3339 | Télécopieur : 695-3334
info@editionsdavid.com | www.editionsdavid.com

À ma nièce, Béatrice Forand

1

« Air Canada vous souhaite la bienvenue à Toronto. Il est présentement 13 heures 24 et la température locale est de 21 degrés Celsius... »

En descendant ce jeudi midi de l'avion en provenance de Montréal, Mélanie Dubuc-Morin et son oncle Roméo Dubuc se dirigent vers le carrousel pour récupérer leurs bagages. Une demi-heure plus tard, ils marchent vers la sortie, tirant chacun sa valise à roulettes.

Avant de quitter sa nièce pour vaquer à ses affaires, le sergent-détective Roméo Dubuc lui rappelle qu'ils doivent se retrouver au Holiday Inn du centre-ville de Toronto en fin d'après-midi.

— D'ici là, j'espère que tu vas bien t'amuser! lance Mélanie en ricanant à l'idée de l'aventure qui attend son oncle.

Son cellulaire sonne. L'image d'un adolescent apparaît sur Skype. Évaché sur le divan du salon familial à Montréal, le garçon a mis dans ses narines les deux pailles de son verre de Coke.

— Francis Francœur, tu m'écœures!!!

Il rejette ensuite la tête en arrière pour imiter le cri grossier d'un morse, un gros mammifère marin, ce qui donne l'impression qu'il rote.

— Brrrrrrrrrrrrrr…

— Francis, t'es vraiment le gars le plus dégueu de la planète !

— Mélanie, c'est juste une *jooooooke* ! J'ai hâte que tu reviennes, je m'ennuuuuie de toi, *Babe*, c'est tout !

— Si tu t'ennuies de moi, t'avais juste à pas inviter Vicky Larose au bal des finissants, espèce de sans-génie ! Je t'ai déjà dit que c'était fini entre nous deux. Je suis venue étudier à Toronto pour trois ans, alors arrête de m'appeler !

— Mais Mélanie…

— C'est assez, Francis ! D'ailleurs, je m'en vais rejoindre ma meilleure amie Sophie Létourneau dans un resto du centre-ville. On ne s'est pas vues depuis huit mois et j'ai super hâte !

Mélanie met fin brusquement à la communication.

Dans la zone d'accueil des passagers, elle aperçoit une fille blonde qui agite vivement les bras dans sa direction.

— Saluuuut Mélanie !

Elle reconnaît la voix, mais à peine la fille tout près. Avant d'avoir pu confirmer que c'est bien Sophie Létourneau, elle chancelle quand l'autre lui saute au cou pour l'embrasser et la serrer dans ses bras. Mélanie Dubuc-Morin tente de conserver son aplomb, mais avec difficulté. En huit mois, Sophie a beaucoup changé. On dirait quelqu'un d'autre ! À l'école secondaire, c'était une brunette un peu excentrique avec ses grands chapeaux, ses foulards colorés et la guitare qu'elle semblait traîner partout. Maintenant, c'est une blonde platine frisée avec des mèches mauves, trop maquillée, qui étale ses bijoux clinquants et sent le parfum bon marché.

Mélanie a vraiment l'impression d'avoir devant elle une caricature de sa meilleure amie… aujourd'hui complètement délurée, jusqu'à la provocation.

– Voyons, dis-moi pas que le chat t'a mangé la langue! lance Sophie en éclatant de rire.

– Ben là! C'est juste le choc de te revoir! Je suis tellement contente!

– J'ai voulu te faire une surprise en venant te rejoindre à l'aéroport au lieu de t'attendre au resto!

À la sortie, un homme les aborde.

– Taxi, *Signorinas*?

Les deux amies prennent place dans le véhicule, pendant que le chauffeur met les bagages dans le coffre. Il fait chaud et Sophie enlève sa veste de couleur criarde. Mélanie sursaute en voyant des tatouages sur ses deux bras, ce que ses parents lui avaient toujours interdit.

– Comment t'aimes mes *tatoos*? Super *cool*, hein? Sur l'autre bras, ça dit *Be strong*! Je les ai fait faire à cause de mon *chum*, Johnny. Il dit que ça l'excite, lui, les filles tatouées!

Le taxi démarre. Une chansonnette italienne joue en arrière-plan et des photos de clubs de soccer sont collées un peu partout.

– Voulez-vous de la gomme? demande le chauffeur en ouvrant la boîte à gants.

– *Are you Italian?* lui demande gaiement Sophie, en sortant son compact de son petit sac à main rouge pour retoucher son maquillage.

Le bonhomme se retourne. La cinquantaine, il a une tête sympathique, un sourire naturel, une tignasse poivre et sel, une bedaine gourmande et une chemise hawaïenne.

– *Italian? Si, Signorina! My name is* Elvis!

– Elvis? Wooohooo!

– *Si, signorina, si!* C'est à cause de mes parents. Ils étaient fous de la musique du *King*, Elvis Presley. D'ailleurs, ils ont nommé ma sœur Madonna !

Sophie pouffe encore plus de rire.

– Belle famille ! Il vous manque juste Lady Gaga ! On s'en va au Dragon Pearl, mon beau Elvis !

Sophie explique que Mélanie et elle viennent de Montréal. Le chauffeur lui répond qu'il est originaire de Turin, dans le nord-est de l'Italie, non loin de la frontière française, et qu'il a appris les rudiments de la langue de Molière à l'école dans sa jeunesse.

– Hey, je me débrouille *just enough* pour flirter avec les belles *signorinas* ! dit-il, avec un clin d'œil enjôleur à ses deux passagères. Vous avez une place où rester ? Parce que moi, je connais un endroit très sympathique et pas cher !

Quelques minutes plus tard, le taxi dépose les deux copines devant le restaurant Dragon Pearl dans le Chinatown de Toronto.

*   *

*

Installées au bar, les deux filles consultent le menu. Sophie parle en étirant sa gomme en dehors de sa bouche.

– J'espère que t'aimes la place. C'est pas super chic, mais la bouffe chinoise est pas chère pis les coquerelles sont gratis !

Un jeune serveur s'approche pour prendre leur commande. Mélanie jette un coup d'œil au menu.

– Euh, pour moi, un thé vert et un pouding à la mangue, s'il vous plaît.

Le garçon se tourne vers Sophie. Pendant quelques secondes qui durent des siècles, elle se contente de lui jeter un regard langoureux de la tête aux pieds, en passant la langue sur ses lèvres humides.

— Toi, c'est quoi ton p'tit nom ?

L'employé asiatique d'une vingtaine d'années lui répond, très gêné.

— Euh, Walter…

— Ben mon beau « Walter *the waiter* », on va commencer par une Vodka martini avec extra olives. Peux-tu faire ça pour moi, mon grand ? dit-elle, avec une moue provocante.

De plus en plus mal à l'aise, Mélanie tente de faire la conversation.

— Ton anglais est super bon depuis que tu es à Toronto, Sophie !

— Pas le choix, quand tu vis *in English Canada*, ma chère !

Elle éclate d'un rire forcé qui trouble Mélanie. Quelques clients se sont retournés, étonnés par son sans-gêne et son allure criarde.

Curieuse, Mélanie tente d'en savoir plus sur sa meilleure amie.

— Dis donc, tu m'avais dit que t'étais venue travailler au pair à Toronto, genre, pour t'occuper des enfants dans une famille riche, c'est ça ?

— Ouais, c'était ça l'idée, mais comme on dit, y'a juste les singes qui travaillent pour des pinottes, hein ? Ça fait que j'ai sacré mon camp après trois semaines.

— Et tu fais quoi maintenant ?

Sophie sirote bruyamment la vodka martini que le jeune serveur vient de déposer devant elle.

– Là ? Je vends des autos sport dans un garage. Comme des Camaro, des Mustang, pis des...

Mélanie est prise d'un fou rire.

– Des Camaro ? Des Mustang ? Aie, Sophie Létourneau ! Excuse-moi, mais j'ai juste de la misère à t'imaginer en vendeuse de chars ! Quand tu vivais à Montréal, tu faisais pas la différence entre une machine à coudre pis une Honda Civic !

Vexée, Sophie ouvre son sac à main. Elle agite une épaisse liasse de billets de 50 $ devant Mélanie, qui a les yeux ronds comme des billes !

– Peut-être, mais comme tu peux voir, ma cocotte, ça paye toute une *shot* !

Son cellulaire rose sonne. Sophie regarde l'afficheur, fait la moue et décide d'ignorer l'appel. Elle reprend la conversation.

– Comme ça, ma belle, tu t'en viens étudier *in Toronto* ?

– Pour trois ans, en arts culinaires au collège George Brown ! dit fièrement Mélanie.

– Super ! Tu vas devenir, genre, un grand chef de restaurant ! As-tu une place pour rester ?

– Pas encore. Je suis venue chercher un appartement, avec mon oncle qui est détective à la Sûreté du Québec de Chesterville, en Estrie. Pour l'instant, on est au Holiday Inn près de la Tour CN, mais j'espère trouver un endroit d'ici quelques jours. C'est déjà vendredi demain. Tout le monde me dit que les appartements sont super chers à Toronto, comparé à Montréal !

– Ton oncle est dans la police ? *No way !* Tu m'avais jamais dit ça !

Mélanie fait la moue.

– J'ai dû t'en parler. Des fois, il est assez rétro, mais c'est mon oncle préféré...

Sophie sort un bout de papier et griffonne dessus.

— Tiens, c'est mon adresse pis ma clé. Si jamais t'as besoin d'une place pour rester une couple de jours, tu me fais signe, promis ?

Puis, Sophie prend cette fois un petit objet dans son sac à main rouge pour le mettre dans la main de Mélanie.

— Un p'tit cadeau, pour que tu te souviennes de moi !

Mélanie est mal à l'aise. Elle prend la bague ornée d'une pierre bleue aux multiples facettes et l'enfile promptement à son doigt.

— Ben là ! T'es super fine, Sophie, mais je peux pas accepter ça ! C'est un trop beau cadeau !

— Voyons donc, Mélanie ! Je l'ai quand même pas volée, la bague !!!

Le cellulaire de Sophie sonne à nouveau. À contrecœur, elle prend cette fois l'appel, puis change immédiatement de ton. Mélanie la devine craintive, car elle regarde souvent par-dessus son épaule, comme si elle se sentait surveillée. Sophie se lève en chuchotant :

— Bon, un gros client ! Faut que j'aille lui parler au fond du restaurant. Je reviens dans cinq minutes. Bouge pas, promis ?

Mélanie commande un autre café en l'attendant. Dix minutes passent. Puis vingt. Sophie ne revient toujours pas. Un peu inquiète, elle se lève à son tour et longe le corridor emprunté par son amie. Elle vérifie le vestiaire, la toilette, la cuisine – une forte odeur de friture plane dans l'air, mais aucune trace de Sophie. Trois employés, des jeunes Chinois, s'affairent à couper de la viande et des légumes sur un comptoir, pendant que la radio joue de la musique rock. Tout au bout du corridor sombre, elle voit une porte surmontée d'une pancarte *Exit*. Elle la pousse et se retrouve dans une ruelle déserte.

Derrière une haute palissade de bois rongée par les intempéries, Mélanie peut apercevoir des appartements délabrés, empilés les uns sur les autres comme des cubes. Elle entend les cris d'enfants qui s'amusent. Près de la porte, s'entassent des ordures. Un objet par terre attire son attention : le téléphone rose de Sophie, écrasé en mille morceaux ! Soudain, elle entend un cri rauque tout près...

Sophie Létourneau est avachie au sol, le dos appuyé au mur de brique. Ses jambes écartées rappellent une petite fille qui voudrait dessiner devant elle. Sa tête est retombée sur son épaule et ses deux mains serrent sa gorge et sa poitrine, qui saignent abondamment. Mélanie remarque des tessons de bouteille éparpillés. Les yeux mi-fermés de Sophie sentent déjà la mort qui s'accroche. La bouche grande ouverte, elle tente désespérément de respirer, de parler, mais n'émet que des râlements étouffés. Le sang s'accumule sur son chandail, sur ses jambes, sur l'asphalte sale...

Mélanie est en état de choc. Elle reste clouée sur place : Sophie Létourneau, sa meilleure amie, est là devant elle, le corps lacéré ! Pourtant, elle regarde ce spectacle comme un film à la télé ! Soudain, elle se force à réagir.

— Bouge pas, Sophie ! Bouge pas, je vais t'aider ! Je vais t'aider, promis !

Au moment où Mélanie s'apprête à composer le 9-1-1, une voiture aux vitres sombres, venue de nulle part, passe en trombe dans la ruelle près des deux filles, renversant presque Mélanie au passage. Elle s'élance vers sa copine sans vie et s'écrie, en larmes :

– Sophiiiiiiie !!!

2

En milieu d'après-midi, l'inspecteur Roméo Dubuc sent la peur transpirer par tous les pores de sa peau, autant que la première fois qu'on lui a collé un revolver sur la tempe, à la Caisse populaire de Sainte-Gertrude. C'était le 27 mai 1987 à 14 h 32 précisément. Jeune recrue, il avait répondu à un appel pour un hold-up et s'était retrouvé coincé entre deux voleurs de banque. Après une prise d'otages de courte durée, l'histoire s'était bien terminée. Cette fois-ci, sa sœur, Béatrice Dubuc, la mère de Mélanie, lui a donné un « cadeau empoisonné » pour le remercier d'avoir pris quelques jours de congé afin d'accompagner sa fille à Toronto : un certificat d'une valeur de 200 dollars pour une promenade sur la corniche au sommet de la Tour CN, au centre-ville de Toronto. Dubuc a d'abord cru que ce serait amusant d'essayer cette attraction « frissons garantis ». Maintenant, il se rappelle que le simple fait de monter sur un tabouret le fait généralement vomir...

« Bout de chandelle ! Si ma sœur avait voulu se débarrasser de moi, elle n'aurait pas fait mieux ! » se dit-il, sans trop y croire.

En effet, lui et les amateurs de sensations fortes seront suspendus dans le vide par un harnais à 356 mètres de hauteur, l'équivalent d'un édifice de 116 étages ! À cette distance, même les gratte-ciels en bas ont l'air de fourmis ! Déjà en haut, le policier et cinq autres touristes assistent à une séance d'information de 30 minutes pour se préparer. Trois consignes à retenir : 1) Si le harnais de sécurité principal lâche, un deuxième câble en acier prendra la relève et vous évitera de finir aplatis comme une crêpe sur le trottoir ; 2) Pour profiter de l'expérience, ne regardez pas vos pieds, mais plutôt l'horizon ; 3) Pas de téléphone cellulaire sur la corniche.

Maintenant, les six braves s'apprêtent à marcher en file indienne sur le rebord en grillage, à travers lequel ils peuvent voir la ville très loin, à des années-lumière sous leurs pieds. Dubuc est le premier du groupe et la peur le cloue sur place. Le moniteur l'encourage.

— *Come on, Mister* Dubuc ! Allez, on avance tout le monde !

Après plusieurs minutes d'hésitation, le policier pose un pied devant l'autre, à la manière d'un équilibriste peu doué qui avancerait à tâtons sur un fil. Il tire régulièrement sur son harnais, pour vérifier qu'il est résistant. Rien de très rassurant pour ce poids lourd qui fait régulièrement osciller la balance de sa salle de bain autour de 112 kilos, presque la limite autorisée pour s'engager sur la corniche !

Il se tourne vers le moniteur et baragouine, dans son plus mauvais anglais :

— Dis donc, mon garçon, c'est *vraiment solide* ton câble en acier ?

— En principe, ça devrait aller, *Mister* Dubuc !

L'autre s'arrête net.

— *En principe ?*

— En tout cas, c'est censé pouvoir supporter un éléphant !

— Merci pour l'éléphant ! Si je...

Son cellulaire sonne. Il le cherche frénétiquement dans ses poches. Le moniteur s'énerve.

— Aie, aie, *no way, Mister* Dubuc ! On avait dit pas de téléphone ici. C'est défendu ! Vous êtes à plus de 300 mètres dans les airs ! Concentrez-vous !

Mais trop tard. Dubuc a vu le nom de sa nièce chérie sur l'afficheur.

— Es-tu encore au restaurant, ma pitchounette ?

Au bout du fil, la voix de l'adolescente est fluette et saccadée de pleurs.

— Oncle Roméo ! Ma meilleure amie... Sophie Létourneau... elle est morte... dans une ruelle... la gorge tranchée !

Roméo Dubuc essaie de placer un mot entre les pleurs et les reniflements de Mélanie. À cette altitude, il doit hausser la voix pour couvrir le bruit du vent qui claque violemment.

— Mélanie, Mélanie, tu m'entends ?

Un petit « oui » lui répond...

— Où es-tu présentement ?

— Dans la ruelle, derrière le restaurant Dragon Pearl. Je vais appeler le 9-1-1 et...

— Mélanie, écoute-moi bien ! Ne touche à rien ! Retourne en dedans et enferme-toi dans les toilettes. Tu m'as compris ? J'arrive tout de suite !

Sous le regard éberlué du moniteur, Dubuc pivote et ordonne aux cinq autres participants derrière lui de faire eux aussi demi-tour. Une fois revenu à l'intérieur, il détache son harnais, reprend

   Cadavres à la sauce chinoise

ses effets personnels et compose un numéro à la
police municipale de Toronto.

— *Homicide Squad, Detective Dave Blanchette
speaking...*

— Salut Dave, c'est Roméo Dubuc! Tu sais, le
détective de la Sûreté du Québec à Chesterville,
dans l'Estrie. On s'est connus dans un congrès de
police à Ottawa il y a deux ans.

Son interlocuteur passe immédiatement au
français, avec un accent du nord de l'Ontario.

— *Oh, yes, hi Roméo!* Je m'en souviens, on
avait mangé de la poule ensemble au Swiss Chalet
à Ottawa. Comment ça va? T'es-tu en visite à
Toronto?

— Oui, Dave. Écoute, c'est important. Ma
nièce Mélanie rencontrait sa copine Sophie cet
après-midi. Elle vient de la retrouver apparemment
morte, la gorge tranchée, dans la ruelle derrière le
restaurant.

— *Holy cow!* La place s'appelle comment,
Roméo?

— Elle a dit le « Dragon Pearl », je pense.

— Dans le Chinatown. On arrive tu suite, mon
homme!

*   *

*

Dubuc sort en coup de vent de la Tour CN et
attrape un taxi. Il se fait déposer sur les lieux du
crime. Quelques voitures de la police municipale de Toronto l'ont précédé. Le détective Dave
Blanchette s'avance pour lui serrer la main. Dubuc
constate qu'il n'a pas changé depuis leur première
rencontre. Âgé de 46 ans, il est grand, mince et

athlétique, avec une tête sympathique. Son abondante chevelure grisonne déjà. Il a été promu détective, il y a trois ans.

— Tu disais que c'est ta nièce Mélanie qui a trouvé Sophie ? Au fait, où c'est qu'elle est passée ?

Dubuc devine soudain que Mélanie doit être encore enfermée, comme il lui a ordonné. Il court à l'intérieur et passe devant une dame âgée qui n'arrête pas de maugréer.

— Ça fait 20 minutes que la fille est aux toilettes !

Dubuc frappe à grands coups sur la porte en l'appelant. Mélanie sort et le policier voit bien qu'elle tremble comme une feuille. Elle est visiblement sous le choc que sa meilleure amie soit morte dans ses bras…

Dehors, la ruelle devient de plus en plus animée. De chaque côté, des policiers essaient d'empêcher les curieux de s'approcher. L'équipe technique va arriver bientôt pour délimiter la scène et procéder au prélèvement d'indices.

Dubuc met son bras autour de l'épaule de sa nièce, pour tenter de la réconforter.

— Mélanie, le détective Blanchette va te poser des questions sur Sophie. Réponds au meilleur de ta connaissance. C'est important pour trouver qui a fait ça à ta meilleure amie. D'accord, ma pitchounette ?

L'adolescente s'essuie les yeux et se détache de son oncle, l'air bougon.

— Je vais faire mon possible !

Le détective Blanchette la fait asseoir sur le siège arrière de sa voiture et laisse la porte ouverte. Resté debout à côté, il demande à Mélanie de raconter son histoire, pendant qu'il prend des notes et peut voir sa grande agitation.

     Cadavres à la sauce chinoise

– J'ai retrouvé ma meilleure amie, la gorge tranchée, à côté d'une poubelle qui sentait la merde! Sophie méritait mieux que ça, vous trouvez pas! C'est pas juste!

Un policier s'approche du détective Blanchette pour lui fournir des informations préliminaires. Ce dernier hoche la tête et s'adresse ensuite à Dubuc et Mélanie.

– L'autopsie va probablement confirmer que Sophie a eu la gorge tranchée par des morceaux de bouteille qu'on a trouvés à terre dans la ruelle. Ça pourrait suggérer que le meurtre a été improvisé. On me dit aussi que la fille n'a pas l'air de s'être défendue, alors elle connaissait peut-être son agresseur. Pendant que vous étiez ensemble au restaurant, Sophie à-tu reconnu quelqu'un?

– Non, mais elle était super nerveuse. Elle regardait souvent par-dessus son épaule.

Dubuc intervient :

– Mélanie a confirmé que le cellulaire rose écrasé que vous avez récupéré appartenait bien à la victime. Par contre, j'ai pas vu de sac à main... Elle en n'avait pas?

– C'est vrai! Sophie avait un petit sac à main rouge au bar. Oh, et bourré d'argent à part ça! Elle m'a montré plein de billets de 50 $, en disant qu'elle était vendeuse d'autos. Évidemment, je l'ai pas crue une seconde...

– On n'a pas retrouvé de sacoche rouge, répond Blanchette, en vérifiant ses notes. Peut-être que le voleur voulait piquer son argent et que Sophie a résisté, alors il est parti avec. À Toronto, Roméo, tu sauras qu'il y a des *junkies* qui seraient prêts à zigouiller leur mère pour une couple de piastres!

Dave Blanchette consulte encore son calepin et se penche vers Mélanie.

— Tu disais que Sophie avait l'air d'avoir peur quand quelqu'un l'a *phonée* sur son cellulaire au Dragon Pearl. D'après toi, elle connaissait-tu la personne qui lui parlait ?

L'adolescente hausse les épaules. Elle est épuisée. Elle ne sait pas…

Blanchette ajoute :

— On a parlé aux employés du Dragon Pearl. Évidemment, *nobody knows anything*… Un meurtre en arrière d'un restaurant, c'est pas bon pour la *business*, comme on dit. Faut dire que la police vient souvent faire son tour icitte, si tu vois ce que je veux dire…

Roméo Dubuc esquisse un sourire entendu.

Le détective Blanchette poursuit son interrogatoire :

— Mélanie, tu disais tantôt qu'un char orange est passé proche à toute vitesse, juste après le meurtre. C'est pas une couleur qu'on voit souvent. As-tu eu le temps de voir le conducteur, la plaque, des détails de même ?

Elle secoue la tête, irritée par la question.

— Non, non et non ! J'étais bien trop énervée, alors j'ai rien vu ! Tout ce que je sais, c'est que j'ai failli être écrasée comme une coquerelle !

 Cadavres à la sauce chinoise

3

Après son témoignage à la police, Mélanie prend son oncle Roméo Dubuc à l'écart. Elle sort de sa poche la clé et le bout de papier chiffonné avec les mots « 754, rue Pape », que Sophie lui a remis.

— C'est l'adresse de son appartement. Je veux aller voir où elle vivait.

— Mauvaise idée. La police de Toronto va certainement fouiller son appartement pour trouver des informations sur l'enquête. On n'a pas d'affaire là.

Mélanie le regarde d'un air renfrogné. Le policier ne peut s'empêcher de penser que, dans sa jeunesse, lui aussi était une « tête de cochon ». Comme elle, il n'acceptait jamais que l'on contrecarre ses plans.

— Alors, on se reverra plus tard à l'hôtel ! dit-elle, en marchant d'un pas déterminé vers un taxi.

— Hé, minute papillon ! Où vas-tu ?

— Je viens de te le dire. J'ai besoin de savoir ce qui est arrivé à Sophie. C'était ma meilleure amie depuis des années, oncle Roméo ! Mais aujourd'hui, quand je l'ai revue, *je ne l'ai même pas reconnue* !

À contrecœur, Dubuc décide d'accompagner sa nièce au 754, rue Pape. Le taxi roule, laissant derrière lui le Chinatown pour le centre-ville grouillant d'activité en cette fin d'après-midi de jeudi. Il traverse ensuite le pont surplombant l'autoroute Don Valley pour gagner la rue Danforth, en plein cœur du quartier grec toujours très animé de la Ville Reine. Un peu plus loin, le véhicule s'engage dans une rue moins achalandée et s'arrête finalement devant un petit immeuble.

— Terminus! lance le chauffeur à Dubuc qui règle la note.

Sur le trottoir, Mélanie reste quelques instants à observer le petit immeuble de briques rouges à quatre logements, où Sophie Létourneau vivait avant sa mort affreuse.

— Qu'est-ce que tu espères trouver ici, ma pitchounette?

— Je te l'ai déjà dit : des réponses...

— Peut-être, mais on va rester dans l'entrée de son appartement. Les enquêteurs vont sûrement venir faire un tour.

Une petite femme boulotte aux cheveux bruns coupés court à la garçonne et portant une robe avec des motifs floraux vient leur ouvrir, un sourire aux lèvres. Elle parle anglais avec un fort accent grec. Dans ses bras, un caniche miniature jappe à tue-tête.

— Athena, *shut up!*

Elle sourit à ses visiteurs.

— Aaaaah, vous venez pour l'appartement à louer, mes amis?

Mélanie profite de la méprise.

— Oui, oui, madame! On vient voir l'appartement à louer!

— Très bien, suivez-moi! Mon nom est Kristina Kristopoulos, mais tout le monde dans le quartier

   Cadavres à la sauce chinoise

m'appelle « Madame Krikri », c'est d'accord, mes amis ?

Elle pointe le fond du couloir.

— C'est à votre droite, l'appartement numéro 2. N'oubliez pas de fermer la porte en sortant, mes amis.

Mélanie et Dubuc entrent dans le logement vide et ressortent aussitôt dans le corridor. L'adolescente chuchote.

— Oncle Roméo, il y a seulement quatre appartements ici, plus celui de madame Krikri au sous-sol. J'ai vu son nom au bout du passage. On devrait pouvoir facilement trouver celui de Sophie !

Mélanie sonne à l'appartement voisin, le numéro 1, et entend un pas traînant s'approcher, puis un homme parler dans une langue étrangère. Elle s'éloigne aussitôt.

— Ce n'est pas le numéro 2, ni le 1. Donc, Sophie habitait au deuxième étage, au 3 ou au 4. Allons voir en haut...

Malheureusement pour eux, Mme Krikri les attend au pied de l'escalier, le sourire fendu jusqu'aux oreilles et déjà prête à signer le bail. Mélanie donne un coup de coude complice à son oncle, pour l'inciter à créer une diversion pendant qu'elle se faufile au deuxième étage.

Dubuc feint soudain une admiration sans bornes pour la logeuse. Il lui saisit affectueusement les mains. Dans son meilleur anglais, il réussit à baragouiner :

— Madame Krikri ! *Your* logement est tellement *spic and span* ! Ma nièce et moi en avons visité *a good quantity* dans le quartier, mais je dois vous dire *very sincerely* que c'est le premier qui nous plaît *so much very* beaucoup. *This is very good...*

Profitant de la pâmoison de Mme Krikri pour son oncle, Mélanie se glisse furtivement dans l'escalier menant au deuxième étage. Dubuc continue de vanter les mérites de la logeuse jusqu'à ce que la sonnerie de son cellulaire la contraigne à retourner à son logement au sous-sol. Le policier, en nage d'avoir ainsi trucidé la langue de Shakespeare, en profite pour rejoindre sa nièce.

Il l'aperçoit dans l'entrée de l'appartement numéro 4, celui de Sophie. Les yeux de Mélanie fouillent un peu partout dans la pièce, cherchant de toute évidence des indices pour l'aider à comprendre la mort affreuse de sa meilleure amie. Dubuc fait de même, avec le flair d'un détective de carrière. Il constate que Sophie vivait seule : aucun objet, aucun détail ne suggère la présence d'un homme ni d'une colocataire. Il examine rapidement une liasse d'enveloppes sur un petit buffet près de la porte.

— Sophie ne venait pas souvent ici...

— Comment le sais-tu ?

— Sa facture de téléphone date de deux mois.

La larme à l'œil, Mélanie lui montre une photo en évidence sur le buffet.

— Regarde, c'est Sophie et moi devant notre école, l'été passé. Elle l'avait gardée !

L'instant d'après, Mme Krikri, à bout de souffle, les rattrape à l'étage.

— Mais... qu'est-ce que vous faites ici ? Je vous ai dit que mon logement disponible était le numéro 2, en bas de l'escalier, mes amis !

Mélanie fait face à la logeuse d'un air résolu.

— C'est d'accord, je le prends, madame Krikri !

* *
*

De retour au Holiday Inn du centre-ville en fin d'après-midi, Dubuc profite d'une course de Mélanie à la pharmacie du coin pour appeler sa sœur, Béatrice, qui vit à Montréal. Une récente opération au genou l'a empêchée d'accompagner sa fille à Toronto. Dubuc tente de lui fournir une « version légère » de la mort de Sophie, mais perçoit néanmoins toute son inquiétude maternelle.

— Roméo, je te demande de rester avec ma Mélanie pendant quelques jours. Peux-tu faire ça pour moi ? Je serais plus rassurée.

— Si tu veux, Béatrice, d'autant plus que la police locale aura peut-être d'autres questions à lui poser. Après tout, Mélanie est la dernière personne à avoir vu Sophie Létourneau vivante...

— Est-ce qu'elle a réussi à se trouver un loyer ? Tu disais que c'était très cher là-bas.

Dubuc toussote un peu, hésitant à avouer la vérité à sa sœur.

— Écoute, je pense que Mélanie s'est finalement trouvé un appartement dans le quartier grec...

— Pas trop loin du collège George Brown, j'espère !

— Non, mais je te ferai pas de cachette : Mélanie va habiter dans le même immeuble que Sophie.

Le long silence au téléphone inquiète soudain Dubuc, qui tente de la rassurer.

— Écoute, je pense que pour Mélanie, c'est une façon de se rapprocher de Sophie. En occupant le même édifice, c'est un peu comme si sa meilleure amie n'était pas complètement disparue. Elle est encore sous le choc, tu comprends...

Béatrice est d'accord.

— Bon, c'est comme tu voudras, Roméo. Je trouve ça triste pour Sophie, c'était une bonne fille, elle venait souvent à la maison quand elle vivait à Montréal. Mais en autant que ma Mélanie est heureuse à Toronto et qu'elle n'est pas en danger, c'est tout ce qui compte.

Sur les entrefaites, l'adolescente revient à l'appartement et dépose ses achats sur le lit. Dubuc prend un ton jovial.

— Eh bien, comme je te disais, Béatrice, je vais aider ta chère fille à décorer son nouvel appartement au cours des prochains jours ! C'est certain que ce sera super beau avec la touche Roméo ! Mélanie, veux-tu parler à ta mère ?

Un peu lasse, la jeune fille prend l'appareil. Puis, abattue par les émotions de la journée, elle raccroche et se met à sangloter, avant de s'endormir peu après d'un sommeil profond.

*   *
*

Quatre jours plus tard, le lundi matin, Mélanie est réveillée par une odeur appétissante d'œufs brouillés et de bacon. Son oncle Roméo Dubuc est aux chaudrons et sifflote dans la cuisine en déposant deux assiettes sur la table. Tous deux étaient fourbus d'avoir passé la journée de dimanche à déménager les affaires de Mélanie dans son nouvel appartement.

— Madame est servie ! Bienvenue chez vous, ma pitchounette !

— Arrête de m'appeler « ma pitchounette » ! Je suis plus un bébé !

Il lève la main en signe de résignation.

— O.K., O.K., d'abord, *Mademoiselle Mélanie*…

Pendant que Dubuc étend une épaisse couche de beurre d'arachide sur sa tranche de pain brun, on frappe à la porte.

L'adolescente va ouvrir. Elle se retrouve devant Mme Krikri, un plat de biscuits grecs encore chauds à la main.

— *Opa*, mes amis! Tenez, Mélanie, c'est pour vous. Pour vous souhaiter la bienvenue!

Tout en parlant, la logeuse s'étire le cou dans l'appartement.

— Votre oncle Roméo… il n'est pas ici? dit-elle d'une voix mielleuse.

Mélanie s'empare du plat de biscuits et réagit rapidement.

— Euh, non, il est aux toilettes. Mais merci pour les biscuits! *Bye!*

Elle referme brusquement la porte et revient vers son oncle dans la cuisine.

— Tu sais quoi? Je pense que la petite madame Krikri commence à te trouver de son goût! Cling! Cling!

— C'est ta faute, bout de chandelle! Tu m'as forcé à lui faire des tas de faux compliments jeudi passé, pendant que tu te faufilais en cachette dans l'escalier!

Son cellulaire sonne. Le détective Dave Blanchette a quelques questions au sujet de l'enquête. Il demande à Dubuc et à sa nièce de passer au poste plus tard ce matin. Tous deux finissent de déjeuner et se préparent à partir.

Une fine pluie tombe sur la Ville Reine. L'oncle et la nièce se dépêchent de sortir du taxi et d'entrer dans l'édifice. Au bureau, les deux policiers discutent à bâtons rompus pendant quelques minutes.

— Dis donc Dave, je vois que t'as pas trop perdu ton français !

— *Pantoute*, monsieur Dubuc ! Moi, je suis un gars du nord de l'Ontario. J'ai fait toutes mes études en français, pis ma femme Huguette est de la région de Montréal. En plus, nos deux petites filles vont à l'école française Sacré-Cœur à Toronto.

Le détective attaque ensuite le vif du sujet :

— On a fait nos recherches sur Sophie Létourneau. Elle est arrivée ici il y a huit mois pour travailler comme *nanny*, s'occuper des enfants, des trucs du genre. On a réussi à retracer la famille où elle était engagée. Mais après environ un mois, Sophie a lâché sa *job*. Ensuite, on perd sa trace jusqu'à récemment...

Dubuc sursaute.

— Comment ça, jusqu'à récemment ?

Dave Blanchette se mord la lèvre. Il regarde Mélanie et Dubuc à tour de rôle. Il aurait voulu éviter ce qu'il doit maintenant leur révéler...

— La police de Toronto avait déjà ouvert un dossier sur Sophie Létourneau. La fille a été arrêtée pour prostitution il y a trois mois.

Le mot « prostitution » fait bondir Mélanie comme un ressort. Elle gesticule autour des policiers.

— Quoi ? Mais vous êtes une bande de malades ! Sophie était ma meilleure amie, pas une prostituée ! Réveillez-vous !

Blanchette jette un coup d'œil désespéré à Dubuc, pour qu'il calme sa nièce.

— À l'heure actuelle, on a malheureusement toutes les raisons de le croire.

    Cadavres à la sauce chinoise

Cette fois-ci, Mélanie explose comme un volcan et serre les poings avant de crier de rage, les larmes aux yeux :

– Mais ça se peut pas ! C'est pas la Sophie Létourneau que je connaissais ! Arrêtez donc de dire des niaiseries !

$$4$$

En sortant du poste de police, Dubuc tient Mélanie par le bras. L'adolescente est complètement secouée. Le détective Blanchette a définitivement mis fin aux illusions qu'elle entretenait encore sur sa meilleure amie.

– Tu veux vraiment aller à la morgue ?

Elle opine de la tête, sans cesser de pleurer. Dubuc devine qu'elle a besoin de tourner la page et de revoir son amie une dernière fois. Même son cadavre...

Quelques minutes plus tard, ils arrivent à l'édifice du Service de médecine légale de l'Ontario. Chaque année, les pathologistes de ce centre procèdent à près de 6 000 autopsies demandées par des coroners et des hôpitaux de la province. Un préposé les amène à la morgue. Le long d'une rangée de tables en acier inoxydable sagement alignées, les deux visiteurs passent près de trois cadavres enveloppés, probablement prêts pour l'autopsie. Mélanie se frotte les bras pour se réchauffer.

– Brrr... il fait pas chaud ici...

– C'est parce que la température tourne autour de zéro degré Celsius pour empêcher les corps de se décomposer trop vite, répond le préposé.

     Cadavres à la sauce chinoise

Dubuc détecte une odeur de formaldéhyde dans l'air. Tout au fond, une série de tiroirs réfrigérés en acier brillant. Il regarde sa nièce dans les yeux.

— Ça va aller ? Sûre, sûre ?

Elle refoule ses larmes.

— Oui, il faut que je le fasse. Ouvrez le tiroir, monsieur, s'il vous plaît…

Le préposé tire sur le tiroir contenant le corps de Sophie. Mélanie se penche vers le cadavre froid. Elle prend entre ses doigts une mèche de cheveux blonds avec des reflets mauves. Mais elle recule subitement, comme devant une étrangère.

— C'est… c'est pas Sophie Létourneau ! Monsieur, vous faites erreur, c'est pas elle ! La Sophie que je connaissais à mon école, elle avait des beaux cheveux bruns !

Le préposé, soudain perplexe, consulte ses documents.

— Hum… compartiment 53. Sophie Létourneau. Pas d'erreur, c'est bien elle…

Dubuc se rend compte que le choc de revoir le cadavre de sa meilleure amie est à ce point violent que le cerveau de Mélanie refuse catégoriquement la terrible réalité qui s'offre à ses yeux. Il pose la main sur l'épaule de sa nièce.

— C'est bien Sophie. Crois-moi…

Dubuc et le préposé se retirent pour la laisser seule quelques instants.

Elle revient vers son oncle. Des larmes coulent sur ses joues.

— Je me sens tellement seule sans Sophie…

Il ne sait trop quoi répondre.

— Mais je suis là, moi, ma pitchounette !

– Oui, mais, je veux dire... sans quelqu'un qui me comprend.

– Ah bon, fait-il d'un ton bourru. Tu n'as pas un petit ami à qui tu peux confier ta peine ?

– J'ai cassé avec mon *chum*, Francis Francœur, répond-elle, sans cesser de renifler.

– Pourquoi ?

– Il a quatre ans de plus que moi et ma mère me trouve trop jeune. Alors, j'ai dit à Francis que c'était fini entre nous deux...

Dubuc préfère se taire. Les problèmes de cœur d'une adolescente ne sont vraiment pas sa spécialité...

– Tu veux rester encore un peu ?

Elle fait signe que non. Le préposé referme le tiroir frigorifique.

Le policier est lui aussi ébranlé par cette visite à la morgue, mais n'en fait rien voir à sa nièce. Pour chasser ses pensées sombres, il doit convaincre Mélanie de se changer les idées. Et pour Dubuc, quelle meilleure façon de contrôler ses émotions que de manger !

– Bon, c'est lundi midi et tonton Roméo t'emmène luncher en ville ! Ça te plairait ?

La proposition semble redonner un peu d'entrain à Mélanie, restée pâle.

– Je n'ai pas bien faim, mais je vais t'accompagner. J'ai besoin d'air frais...

À pied, ils arrivent bientôt rue Baldwin, non loin du Chinatown. Les nombreuses boutiques et les restaurants invitent les piétons à flâner en cette journée chaude de fin d'été. Après avoir déambulé un peu, ils optent pour le restaurant japonais Fujiyama. Mélanie, plus habituée à la nourriture exotique que son oncle, commande du tempura, du

   Cadavres à la sauce chinoise

poulet Katsu Dondori et du riz. Leur petite balade dans les rues du centre-ville leur a ouvert l'appétit et ils mangent avec entrain.

Mélanie pointe soudain ses baguettes en direction de la porte du restaurant.

— Tiens, on dirait le détective Blanchette.

Dubuc fronce les sourcils pour mieux distinguer le client qui vient d'entrer.

— T'as raison, c'est bien lui. Hé, Dave!

Après avoir passé sa commande à emporter, le détective vient s'asseoir à la table voisine.

— Toute une coïncidence! lance Dubuc.

— Pas vraiment, Roméo. Je vous ai vus sortir de la morgue. Après que vous êtes partis tantôt, j'ai eu une idée pour Mélanie. J'aurais pu te *phoner* sur ton cellulaire, mais j'aimais mieux t'en parler en personne.

Il demande à l'adolescente :

— Tu disais avoir vu un char orange foncer sur toi après le meurtre, mais tu te souviens de rien de plus précis, c'est ça?

— Non, parce que ma meilleure amie venait tout juste d'être assassi...

Blanchette agite la main pour indiquer qu'il connaît déjà l'histoire. Il poursuit :

— T'as pas retenu les détails, mais il est probable qu'ils sont enfouis quelque part dans ta tête...

Dubuc devine où son collègue veut l'entraîner. Il le laisse poursuivre.

— Si t'es d'accord Mélanie, on pourrait t'hypnotiser pour essayer de voir si ton cerveau a retenu des informations importantes pour la police. En réalité, on n'a pas vraiment le choix. Notre enquête part de là. Faut absolument retrouver ce char jaune orange, autrement on est *fait à l'os*, comprends-tu!

C'est peut-être celui du meurtrier de Sophie. Ferais-tu ça pour ta meilleure amie?

L'adolescente s'agite sur sa chaise.

— Mais faites-moi pas faire de singeries!

— C'est tiguidou! Je vais contacter un consultant de la police métropolitaine. C'est lui qui va t'hypnotiser dans son cabinet. On sera là avec toi. Ça va bien aller, tu vas voir, dit-il, en posant sa main sur celle de l'adolescente pour l'encourager.

Dave Blanchette se lève soudain. Un message vient d'arriver sur son cellulaire. Il y jette un coup d'œil rapide.

— Bon, nos services techniques viennent de retracer le dernier appel que Sophie a reçu juste avant de mourir!

— Mais comment vous avez fait? On a retrouvé son téléphone écrasé en mille miettes dans la ruelle! dit Mélanie.

Le détective éclate de rire.

— Pas besoin du téléphone. Bell Canada nous a fourni la liste de tous les appels sur l'appareil de Sophie les jours avant sa mort.

*   *

*

Le soleil de fin d'après-midi commence à baisser. Le détective Blanchette se rend immédiatement à l'adresse correspondant au numéro de téléphone. À cette heure-ci, la circulation est au ralenti partout autour de Toronto. Il arrive dans le secteur Etobicoke, au sud-ouest de la Ville Reine. Une compacte grise est garée dans l'entrée du petit bungalow. Blanchette frappe à la porte.

Un homme dans la trentaine avancée lui ouvre la porte.

– Jim Wilson ?

Il hoche la tête.

Wilson est grand, mince, les cheveux bouclés noirs, et un garçon timide d'environ six ans vient se coller à sa hanche.

Blanchette sort son badge.

– J'ai à vous parler.

Jim Wilson demande à son fils de rester à l'intérieur. Il marche dehors avec le détective, qui note le bandage blanc à sa main droite. L'homme s'en avise et son émotion le trahit.

– Je… je me suis coupé en travaillant sur mon auto. Je devrais laisser ce travail à mon garagiste.

Blanchette va droit au but.

– Sophie Létourneau a été retrouvée morte derrière le restaurant Dragon Pearl, jeudi passé. Vous êtes la dernière personne à lui avoir parlé au téléphone juste avant. La police savait qu'elle se prostituait. Étiez-vous un de ses « clients » ?

Jim Wilson est cloué sur place, changé en statue de sel.

– Sophie est morte, vous dites ? Je… je n'arrive pas à le croire. Je ne suis pas un « client » évidemment, mais un travailleur social qui essayait depuis des semaines de l'aider à s'en sortir !

– D'après notre témoin au restaurant, Sophie semblait assez craintive quand elle a reçu votre appel.

Wilson se prend la tête à deux mains. Il n'arrive pas à le croire.

– Écoutez, je vous répète que je suis son travailleur social, pas son client !

Puis, la terrible réalité le frappe de plein fouet.

– Sophie était une fille brillante, vous savez. Malheureusement, elle laissait souvent ses émotions prendre le dessus et elle a fait des mauvais choix de vie. Elle ne méritait pas ce qui lui est arrivé. J'aurais aimé l'aider davantage …

Le travailleur social recule de quelques pas pour s'éloigner du détective.

– Est-ce que je suis un suspect dans votre enquête ?

– Pas pour l'instant, monsieur Wilson…

*　*
*

En début de soirée, Dubuc accompagne Mélanie qui doit acheter son nouvel uniforme de cuisine pour le collège George Brown. Ils prennent rapidement une bouchée en ville.

– Zut ! Je dois aussi acheter des livres de recettes pour mes cours, mais j'ai oublié ma liste à l'appartement !

En revenant sur ses pas, Mélanie jette un coup d'œil à l'étage. La porte de l'appartement numéro 4 est entrouverte.

– Tiens, les enquêteurs ont dû fouiller l'appartement de Sophie ! dit-elle.

– C'est bizarre, j'ai pas vu de voiture de police devant l'immeuble, constate Dubuc avec prudence.

Mélanie grimpe l'escalier mais son parrain s'interpose. Par réflexe, il porte la main à son ceinturon et réalise que, simple touriste, il n'a pas apporté son pistolet 9 mm semi-automatique avec lui à Toronto.

　　　Cadavres à la sauce chinoise

Après avoir entrebâillé la porte avec précaution, ils font une découverte choquante : le logement de Sophie a été vandalisé et saccagé !

Mélanie s'enfouit la tête dans l'épaule de son oncle et pousse des cris de détresse. Son cœur affolé bat à une vitesse effrayante. Dubuc lui tapote les cheveux, cherchant des paroles pour la consoler.

— C'est pas grave, ma pitchounette. On va trouver qui a fait ça, je te le promets ! Attends-moi ici, près de l'entrée...

Il réussit à se dégager et pénètre dans l'appartement sens dessus dessous. Cette fois, il examine les lieux avec l'œil d'un professionnel. Tout ce qui pouvait contenir quelque chose — tiroirs, armoires, récipients, paniers — semble avoir été vidé ou viré à l'envers sans ménagement.

— Celui, ou ceux, qui ont fait ça cherchaient quelque chose, dit Dubuc en revenant sur ses pas. Ils cherchaient *quelque chose de précis*. Mais quoi ?

— Peut-être l'argent de Sophie ? demande Mélanie d'une voix fluette.

Attirée par les cris d'effroi de Mélanie, Mme Krikri arrive à son tour.

— Pourquoi tout ce tapage, mes amis ? Qu'est-ce qui...

À la vue de l'appartement vandalisé, elle s'interrompt et met les deux mains sur sa bouche ! Dubuc et Mélanie l'entendent prononcer quelques mots en grec, ce qu'elle fait parfois, au comble de l'émotion.

— Quelqu'un a saccagé l'un de mes appartements en plein jour ! Il faut appeler la police !

Dubuc poursuit l'examen des lieux, écoutant la logeuse d'une oreille distraite.

— Bien sûr, madame Krikri, on va appeler la police. Le plus étrange, c'est que le logement ait justement été vandalisé *en plein jour*!

— Que voulez-vous dire? demande-t-elle sans comprendre.

— Pour opérer en plein jour, il fallait nécessairement que l'on connaisse les allées et venues de vos locataires.

— D'habitude, ma chienne Athena jappe aussitôt qu'un étranger vient ici, dit Mme Krikri. Mais ce matin, je n'ai rien entendu...

— Justement! Vous êtes-vous absentée?

— Non, mais comme tous les vendredis matin, mon amie Gladys est venue faire ma mise en plis chez moi au sous-sol.

Elle tourne la tête en tapotant légèrement sa coiffure, dans un vain effort de coquetterie pour susciter l'admiration du policier.

Dubuc tente plutôt de dresser mentalement le plan de l'immeuble.

— Votre appartement est au sous-sol. Votre bureau aussi?

— Oui, oui. Il est aménagé pour...

— Qui vit au numéro 1, voisin de Mélanie?

— C'est un vieux monsieur grec qui traîne la patte! dit l'adolescente. Tu ne te souviens pas, oncle Roméo? J'ai frappé à sa porte à notre première visite ici.

Mme Krikri confirme.

— Monsieur Dimitri a 78 ans et il est sourd comme un pot!

Dubuc exclut le vieillard de sa liste des suspects. L'escalier est bien trop raide pour qu'un homme dans son état puisse le grimper.

– Très bien. Et à l'étage, qui occupe l'appartement numéro 3, voisin de Sophie ?

– Ah, je l'ai loué à Ingrid Darrington, une charmante jeune fille de Saskatoon qui travaille au centre-ville, mais que je ne vois pas souvent. Comme elle n'a pas beaucoup d'argent, Ingrid me paye en me rendant des petits services. Je l'ai prise en pitié. Que voulez-vous, mes amis, j'ai un grand cœur comme Mère Teresa. C'est plus fort que moi !

5

Le mardi matin, Dubuc reçoit un appel :

— Les parents de Sophie ! dit-il, en vérifiant l'afficheur qui indique « Hervé Létourneau ».

Le policier prend l'appel.

— La mère de Mélanie nous a donné votre numéro, dit Hervé Létourneau, en guise d'introduction.

— Écoutez, je suis vraiment désolé pour votre fille et je vous offre toutes mes sympathies. Mélanie est ici avec moi et elle est très triste elle aussi. C'étaient deux grandes amies...

Le père poursuit la conversation. Dubuc entend la mère sangloter derrière lui.

— Ma femme et moi allons prendre l'avion dans quelques heures pour Toronto, pour faire ramener le corps de notre fille au cimetière. Nous savons très peu de choses à l'heure actuelle. Est-ce que Sophie a beaucoup souffert, Sergent Dubuc ?

Il ne sait quoi répondre.

— Monsieur Létourneau, je pense que la police de Toronto l'ignore encore. Une enquête est ouverte, mais mon intervention se limite à offrir ma collaboration aux détectives chargés de l'affaire.

Par délicatesse pour ses parents, Dubuc préfère taire toute information gênante sur les activités de

 Cadavres à la sauce chinoise

Sophie. Il profite cependant de l'occasion pour tenter d'en apprendre davantage à son sujet.

— Dites-moi, étiez-vous régulièrement en contact avec votre fille depuis qu'elle vivait à Toronto ?

Un long silence au bout du fil confirme ses doutes. Le policier ressent le malaise de son interlocuteur.

— Sergent Dubuc, je ne vous ferai pas de cachette. Les semaines qui ont suivi son départ, Sophie nous appelait souvent chaque jour. Elle était joyeuse, comme à l'habitude. Mais par la suite, elle a pratiquement cessé de nous contacter. Quand elle le faisait, ça finissait toujours par des chicanes...

— Est-ce qu'elle fréquentait quelqu'un ? demande Dubuc.

Hervé Létourneau s'éloigne du téléphone pour consulter sa femme.

— Sophie a mentionné à quelques reprises un certain « Johnny », je crois. Après, nous n'avons plus vraiment eu de nouvelles. Elle est devenue une étrangère pour nous. Pour être franc, quand elle nous a envoyé une photo d'elle à Noël, je ne l'ai même pas reconnue.

« Je ne l'ai même pas reconnue... »

Ces paroles résonnent dans la tête de Dubuc : ce sont les mêmes que Mélanie a employées pour décrire Sophie après l'avoir revue à l'aéroport, le jour du meurtre...

*   *
*

Peu après, Mme Krikri frappe à la porte de l'appartement. Elle porte un grand tablier jaune et bleu sur lequel elle se frotte souvent les mains. En apercevant Dubuc, elle lui fait son plus beau sourire.

– *Opa!* Mes amis, c'est mon anniversaire aujourd'hui! Alors ce midi, mes amies m'ont organisé une petite fête au sous-sol de l'église orthodoxe grecque, à deux rues d'ici. Venez faire un tour, ça me ferait tellement plaisir! Allez, venez…

Mme Krikri saisit le bras de Dubuc, contraint de la suivre. Mélanie leur emboîte le pas.

Dans l'escalier menant à la salle communautaire, ils entendent des bruits de conversations animées et des airs traditionnels grecs. Une dizaine de personnes sont déjà sur place et tout le monde les salue amicalement. La logeuse présente les nouveaux venus à la ronde et leur apporte à boire. Sur la table bien garnie, on retrouve de la moussaka, des souvlakis et des gyros.

– Tiens, ma belle Mélanie, prends-toi un verre de punch aux fruits! dit Mme Krikri, en lui remettant un gobelet de plastique.

Dubuc et Mélanie se déplacent lentement dans la salle de réception, au gré des conversations. Ils font la connaissance de deux cousines de Mme Krikri venues faire une petite démonstration de danse du ventre en son honneur, d'une diseuse de bonne aventure qui étale ses cartes sur la table, ainsi que d'un ancien gardien de sécurité devenu dresseur de caniches…

Environ une demi-heure après leur arrivée, Mélanie réalise soudain qu'elle a reçu un appel sur son cellulaire.

– C'était le collège George Brown. Il leur manque des informations pour mon dossier. Je vais aller à l'appartement et je reviens tout de suite, oncle Roméo !

Pendant son absence, Dubuc continue de circuler parmi les invités. Soudain, le dresseur de caniches semble tituber près de lui comme s'il était ivre. Dubuc l'aborde :

— Hé, mon brave, avez-vous pris un verre de trop ?

— Non, j'ai mal au cœur et...

L'homme dans la quarantaine s'effondre sur le plancher de ciment, renversant au passage un plat de crudités, ce qui interrompt les conversations dans la pièce. Les invités se rapprochent. Mme Krikri pousse un cri strident devant son ami Horace. Dubuc les écarte d'un geste énergique.

— Reculez, il lui faut de l'air ! Il y a tellement de monde ici, on se croirait un samedi aux Galeries des aubaines !

Il saisit le poignet de l'homme : son pouls bat très lentement, comme s'il allait s'arrêter !

Mme Krikri a apporté une compresse d'eau froide, que Dubuc applique sur le front d'Horace. Le dresseur de caniches ouvre les yeux, mais semble complètement désorienté et n'arrive pas à parler. De l'écume s'accumule au coin de ses lèvres. L'instant d'après, il vomit du sang. Dubuc demande à Mme Krikri de composer le 9-1-1. Une vingtaine de minutes plus tard, les ambulanciers transportent le dresseur de chiens à l'urgence de l'hôpital le plus près et la logeuse a insisté pour l'accompagner dans le véhicule. Mélanie est revenue entre-temps.

— Pauvre type, dit-elle. Il a peut-être eu une crise cardiaque...

— Les ambulanciers disent que c'est plutôt un cas d'empoisonnement.

— D'empoisonnement ? Mais à quoi ?

Dubuc évite de répondre. Il l'ignore. Mais il croit qu'en l'absence de l'adolescente, Horace s'est trompé de verre. Celui de Mélanie était juste à côté du sien…

*　*
*

Après ces événements troublants, Dubuc décide d'appeler son collègue de longue date, Lucien Langlois, à la Sûreté du Québec de Chesterville. En réalité, le détective est secoué comme un pommier et ressent le besoin d'en parler avec « Lulu ».

— Et comment va Mélanie depuis la mort de Sophie ?

Dubuc s'assure que l'adolescente est dans l'autre pièce avant de répondre.

— Assez ébranlée, la pauvre pitchounette !

— Crois-tu qu'elle était visée par l'empoisonnement de ce midi ?

Dubuc n'en sait trop rien.

— Le poison a été versé intentionnellement, ou bien dans le verre d'Horace le dresseur de caniches, ou bien dans celui de Mélanie. Il me semble qu'Horace a pris le punch de ma nièce par erreur, mais je peux me tromper. Par précaution, je vais demander à madame Krikri la liste de tous les invités et la transmettre au détective Blanchette, qui va vérifier les antécédents de chacun.

— Mais pourquoi l'un d'eux voudrait-il empoisonner Mélanie ? s'inquiète Langlois ! C'est insensé !

— Écoute, Lulu, à ce stade-ci de l'enquête, je ne veux pas être paranoïaque ! Juste après avoir découvert le cadavre de Sophie, Mélanie a failli être renversée par une voiture qui roulait à toute vitesse dans la ruelle, mais elle n'a pu voir qui était au volant. Au début, j'ai cru à un chauffard qui roulait trop vite, mais je commence à me demander si ce n'était pas le meurtrier de Sophie qui s'enfuyait les pattes aux fesses ! Il a peut-être voulu écraser Mélanie parce qu'il croyait qu'elle pourrait identifier la marque de l'auto ou le reconnaître. Et maintenant, il veut peut-être finir son sale travail !

— Mais tu viens de dire que Mélanie n'a rien vu du tout dans la ruelle ! rétorque Lucien Langlois.

— Oui, mais ça mon vieux, *le meurtrier ne le sait pas !*

6

Le mercredi matin, Dave Blanchette demande à Dubuc de l'accompagner pour interroger la famille où Sophie a été bonne d'enfant pendant trois semaines.

— D'après les parents de Sophie à qui j'ai parlé, c'est ici que tout a commencé, fait valoir Dubuc. Après avoir travaillé dans cette famille, elle a changé de personnalité...

Les deux hommes se présentent à une résidence cossue du quartier Rosedale de Toronto. Une femme dans la quarantaine vient ouvrir. Elle est blonde, assez athlétique et porte un survêtement noir de yoga et un bandeau jaune dans les cheveux. Derrière elle, deux bambins courent pieds nus dans le salon en poussant des cris. Une jeune femme tente désespérément de les rattraper.

Les deux détectives s'identifient et Patty Morris les fait passer au salon.

— Excusez-moi un instant, je vais demander à la *nanny* de s'occuper des enfants.

Elle disparaît dans la cuisine.

Blanchette s'est levé pour faire quelques pas. En réalité, il examine attentivement les nombreuses photographies posées sur les meubles.

Quelques secondes lui suffisent pour constater que le mari, Howard Morris, dans la soixantaine, est un criminaliste connu, père de trois enfants déjà adultes. De toute évidence, Patty est sa deuxième femme, beaucoup plus jeune, avec laquelle il a eu les deux moussaillons qui gambadaient partout dans la maison.

— Êtes-vous mariée depuis longtemps, madame Morris ? demande Blanchette lorsqu'elle revient, pour briser la glace.

— Cinq ans. Après la séparation d'Howard d'avec sa femme, nous avons commencé à nous fréquenter.

Puis, elle prend un ton morose.

— Malheureusement, mon mari a subi un accident vasculaire cérébral il y a deux semaines, et il est toujours hospitalisé. On ignore encore l'ampleur des dommages, mais sa réhabilitation risque d'être longue.

Elle baisse la tête et s'essuie le coin de l'œil.

— Je vois que vous avez une bonne d'enfants ? fait remarquer Dubuc, pour faire baisser l'émotion qui s'est installée.

— Oh, oui. Elle s'appelle Anita Witters. C'est une fille de Vancouver qui cherchait du travail à Toronto.

Voyant que Patty Morris semble s'interroger sur le motif de leur visite, Blanchette passe au cœur du sujet.

— Justement, une adolescente du Québec a travaillé chez vous comme *nanny* il y a huit mois. Elle s'appelait Sophie Létourneau et on l'a retrouvée morte jeudi passé, dans une ruelle de la ville.

Patty Morris écoute d'abord sans broncher, comme si son cerveau tentait d'enregistrer le choc de la nouvelle. Puis, elle s'exclame :

– Oh, *my God !* Mais c'est... c'est épouvantable ! Je me souviens évidemment de Sophie. Mais son travail ici n'était pas, comment dire... satisfaisant. Alors, nous avons dû la remercier de ses services...

– Pouvez-vous préciser un peu ?

– Eh bien, nous l'avons surprise à fumer en présence des enfants et certains objets ont disparu de mon coffre à bijoux pendant qu'elle travaillait chez nous. Nous ne l'avons jamais placée devant les faits, mais Howard et moi avons décidé de la renvoyer. Nos critères sont assez stricts pour embaucher une *nanny*.

Dave Blanchette a rangé son carnet dans sa poche et s'est levé.

– Savez-vous où Sophie est allée en partant d'ici ?

Elle hausse les épaules.

– Probablement retournée dans sa famille à Montréal. Vous savez, le travail de *nanny* n'est pas très payant.

– Vous ne l'avez jamais revue ?

Elle fait signe que non.

Blanchette et Dubuc prennent congé et marchent vers la voiture de police garée devant la maison. Tout près, un voisin s'affaire à tondre sa pelouse. Dubuc le salue de la main, puis l'invite à arrêter sa machine. Il discute avec lui quelques minutes. En revenant à la voiture, il dit :

– Eh bien, Sophie a peut-être été congédiée pour une autre raison que d'avoir fumé autour des enfants, après tout. Ce type se souvient de l'avoir

   Cadavres à la sauce chinoise

vue dans l'auto, tard le soir, en train de bécoter Howard Morris.

Dave Blanchette démarre la voiture avec un sourire en coin.

— Reste à savoir si la belle Patty était au courant...

* *
*

Le jeudi matin, le détective torontois se présente à l'appartement de Mélanie et prend Dubuc à part.

— Le dénommé Horace a été empoisonné à la digitaline, une substance d'origine végétale qui agit en une vingtaine de minutes. Les étourdissements, les vomissements, le ralentissement du rythme cardiaque, tous les symptômes étaient là. Malheureusement, les médecins n'ont pas réussi à le réanimer et le pauvre gars est mort.

— Mais la plupart des convives étaient des gens proches de madame Krikri! raisonne Dubuc, dépassé par les événements. Elle nous a présenté tout le monde : sa voisine, son coiffeur, sa parenté, alouette! La pauvre femme se sent tellement coupable de ce qui arrive. La nourriture et les breuvages étaient sur la table, tout le monde se servait librement, tout le monde semblait s'amuser!

Dubuc sort une feuille et la remet à son collègue.

— Tiens, Dave, madame Krikri m'a fourni la liste des invités. Essaie donc de savoir si quelqu'un possède un passé criminel.

Le cellulaire du détective Blanchette sonne. Il raccroche après quelques secondes.

— C'était le bureau. On a vérifié la déposition de Jim Wilson, le travailleur social qui voulait apparemment aider Sophie à sortir de la prostitution.

— Et alors ? demande Dubuc avec curiosité.

— D'après une couple de belles lettres d'amour qu'on a retrouvées dans un tiroir chez Sophie, Wilson voulait plutôt la convaincre de partir avec lui à Vancouver !

*   *
*

Après le départ de Dave Blanchette, Dubuc sort lui aussi pour aller chez Mme Krikri. La petite femme grecque ouvre grand les bras pour lui faire l'accolade, mais Dubuc a un geste de recul.

— Madame, je dois vous avouer quelque chose : je fais partie de la police. Je suis détective au Québec...

Malgré le mauvais anglais de Dubuc, la logeuse réagit vivement en entendant le mot « police ». Son caniche Athena montre les dents. Dubuc ajoute :

— Je suis ici avec ma nièce Mélanie pour éclaircir le meurtre de votre ancienne locataire, Sophie Létourneau. Est-ce que quelqu'un parmi vos invités a un dossier criminel ?

Le visage de Mme Krikri confirme à Dubuc qu'il est sur la bonne piste.

— Eh bien, mes deux cousines...

— Celles qui enseignent la danse du ventre ?

— Oui, oui. Elles ont déjà griffé un client au sang pendant une danse privée. Il voulait... vous savez...

Elle agite les mains près de ses fesses. Le policier comprend l'allusion.

– C'est tout ?

– Eh bien, il y a aussi mon amie, la diseuse de bonne aventure. Elle a fait deux ans de prison pour avoir fraudé un client et…

Dubuc voit que la logeuse s'énerve. Il tente de la calmer.

– Je parle d'actes criminels *vraiment* graves, madame Krikri.

Elle hausse les épaules. Elle ne sait pas.

* *
*

En après-midi, les deux policiers montent avec Mélanie au quinzième étage d'un édifice du centre-ville de Toronto. Loin de l'agitation qui règne dehors, le bureau est sombre et silencieux. L'hypnotiseur clinique, le psychologue Gordon, collabore régulièrement avec la police torontoise. Il discute à bâtons rompus avec eux pendant quelques minutes, surtout pour permettre à Mélanie de se familiariser avec les lieux. Puis, il invite l'adolescente à s'asseoir dans un grand fauteuil en cuir au fond de la pièce. Les murs et les tapis foncés contribuent à l'atmosphère feutrée censée favoriser la concentration recherchée.

– Très bien, Mélanie, je vais te demander de t'installer confortablement et de te détendre. C'est cela. Dans quelques instants, tu vas ressentir une sensation de relaxation et de lourdeur partout dans ton corps. Tu vas te concentrer sur ma voix, uniquement sur ma voix. Très bien… tes bras sont lourds, tes jambes sont lourdes. Même tes paupières, tu n'arrives plus à les soulever. Écoute attentivement ma voix, Mélanie. Seulement ma voix…

L'hypnotiseur retourne auprès des deux policiers et leur parle à voix basse :

— Mélanie est maintenant dans un état psychologique semblable à un sommeil superficiel. Toute son attention est fixée uniquement sur mes suggestions. Comme vous me l'avez demandé, je vais la ramener à la scène de meurtre qui s'est déroulée sous ses yeux, jeudi passé, il y a exactement une semaine. Nous allons tenter de raviver des souvenirs qui seraient enfouis dans son subconscient ou partiellement effacés.

Le détective Blanchette a fourni au spécialiste des instructions précises : aider Mélanie à se rappeler les détails pouvant servir l'enquête, et en particulier sur la voiture orange qui est passée près d'elle en trombe.

Le docteur Gordon s'assoit près de la jeune fille.

— Maintenant, observe bien cette ruelle, Mélanie. Regarde autour de toi. En sortant du restaurant, tu vois ta meilleure amie Sophie, à ta gauche. Elle est mourante. Mais soudain, à ta droite, une voiture orange arrive de nulle part. Elle s'approche, Mélanie. La vois-tu ?

Mélanie agite la tête, son subconscient fait des efforts terribles pour se rappeler. Soudain, tout son corps s'agite violemment. L'adolescente est visiblement très secouée...

Le psychologue Gordon se penche vers le détective Blanchette, qui s'est déplacé doucement.

— D'après la réaction marquée de Mélanie, la voiture fonçait vraiment sur elle. Du moins, c'est l'impression que son subconscient en a gardé...

Mélanie reste fébrile.

— Oui, je... je vois la voiture ! Elle s'approche. Elle roule très vite...

– Décris-moi cette voiture, Mélanie. À quoi ressemble-t-elle ?

– Elle est... Elle est orange...

– C'est une voiture orange ?

Mélanie ajoute :

– Oui, orange... mais... le capot et le toit sont verts !

Blanchette s'adresse à Dubuc. Il est excité :

– Orange et vert ! Bingo ! C'est un taxi, Roméo ! Les chars de la compagnie Beck à Toronto sont orange et vert !

Il chuchote à l'hypnotiseur de pousser l'adolescente un peu plus.

– Mélanie, vois-tu le conducteur de la voiture ? Le vois-tu ?

Après un long silence, elle murmure...

– Non, les vitres sont teintées. Je ne vois pas à l'intérieur !

– Et le numéro d'immatriculation ?

Mélanie hésite à nouveau.

– Je ne suis pas... certaine... la plaque est loin...

– La voiture orange et verte vient sur toi à toute vitesse, Mélanie. Peux-tu la ralentir dans ta tête pour voir le numéro ? demande l'hypnotiseur. Regarde bien la plaque...

– Non, non, la voiture passe trop vite près de moi !

Le détective Blanchette grimace devant Dubuc.

– *Too bad*. Sans le numéro de plaque, on fait dur !

Soudain, Mélanie pousse un cri.

– Attendez, je vois quatre chiffres sur la porte : 2-4-9-2.

– Très bien, Mélanie, excellent !

L'hypnotiseur écrit « 2492 » sur un bout de papier, qu'il tend immédiatement au détective Blanchette. Ce dernier fait aussitôt un appel à la police de Toronto, puis il lève le pouce en direction de Dubuc.

— Avec le numéro du taxi, on va pouvoir retrouver le propriétaire du char !

*　*
*

Après la séance, Dubuc invite sa nièce à souper dans leur quartier, au restaurant grec Pantheon de la rue Danforth, très achalandée à cette heure. Après avoir bu quelques verres d'*ouzo*, une boisson traditionnelle, ils commandent des sardines, des calmars et des souvlakis d'agneau.

Il est presque 20 heures et l'endroit est bondé. La chaleur et les effets de l'alcool commencent à se faire sentir.

— Tu as bien travaillé cet après-midi avec l'hypnotiseur, dit Dubuc, en posant sa main sur le bras de l'adolescente pour la rassurer. Crois-moi, le détective Blanchette va faire tout son possible pour retrouver ce chauffeur de taxi.

— Cet homme a tué Sophie, tu crois ? demande Mélanie. C'est lui qui a volé son petit sac à main rouge avec tout l'argent ?

Dubuc hausse les épaules. Il ne sait pas.

— Quand dois-tu retourner à Chesterville, oncle Roméo ? demande-t-elle, pour changer de sujet.

Dubuc redoutait cette question depuis quelques jours. Il a promis à la mère de Mélanie de veiller à la sécurité de sa nièce. De plus, la récente tentative d'empoisonnement au party de Mme Krikri lui fait

　　　　Cadavres à la sauce chinoise

craindre que le meurtrier de Sophie l'ait repérée après tout. Pour l'instant, le policier préfère rester vague.

— Bof, je ne suis pas pressé de rentrer, ma pitchounette. J'ai encore quelques semaines de congé accumulées, alors je peux rester à Toronto le temps qu'il faudra. Ça ferait ton affaire ?

Mélanie soupire de soulagement.

— Super ! Dans ce cas-là, je vais aller acheter un peu de nourriture avant de rentrer. Mon frigo est presque vide !

Dubuc se lève et insiste pour faire les courses lui-même.

— Tatata, je m'occupe de l'épicerie ! Retourne à l'appartement, je te rejoins tantôt. Tu as eu une dure journée…

Mélanie repart à pied. La noirceur s'est lentement installée. En arrivant, elle allume une petite lampe et s'installe à la table de cuisine pour se replonger dans la lecture de son programme de cours.

Soudain, la jeune fille sent un courant d'air frais dans son dos.

Elle se lève. La fenêtre au-dessus de l'évier est ouverte. Bizarre. Elle se souvient pourtant très bien de l'avoir fermée avant de partir.

L'instant d'après, le plancher de bois franc craque dans le salon…

Sans perdre son sang-froid, Mélanie décroche un chaudron suspendu au-dessus de l'évier et le serre contre elle. Elle avance sur la pointe des pieds. À environ un mètre, elle entend un bruit de pas. Quelqu'un est tout près, derrière la cloison qui sépare la cuisine du salon ! Mélanie retient son souffle. Son cœur bat à tout rompre ! Elle lève son chaudron dans les airs. Dès que son visiteur nocturne fait quelques pas vers la cuisine, elle l'assomme bruyamment. L'intrus hurle de douleur!

— Ayooooye!

— Francis?

7

Lorsque Dubuc revient avec ses sacs d'épicerie, il est témoin d'un curieux spectacle : sa nièce tient patiemment un sac de glace en équilibre sur le crâne d'un jeune homme nonchalamment étendu sur le divan du salon.

L'adolescente résume à son oncle sa mésaventure et lui montre le chaudron qu'elle a violemment rabattu sur la tête de son ancien *chum*, Francis Francœur. Le policier éclate de rire.

— Méchante prune sur le coco, mon garçon ! Bravo Mélanie, t'es une vraie Dubuc, toi ! Tu te laisses pas manger la laine su'l dos !

Francis, lui, n'a pas le cœur à rire.

— Vous trouvez ça comique, vous deux ?

Dubuc le ramène vite à la réalité. Il dit d'une voix ferme :

— Écoute-moi bien, mon garçon. Premièrement, tu es entré par effraction chez ma nièce. Deuxièmement, tu t'es comporté comme un voleur une fois entré. Tu aurais pu téléphoner pour annoncer ton arrivée, non ?

Mélanie semble elle aussi ennuyée.

— Pis d'abord, qu'est-ce que tu viens faire à Toronto, Francis Francœur ? Tu sais que je commence mes études en hôtellerie. À part ça, t'es plus mon *chum steady* pis je t'ai dit l'autre jour que je voulais plus te voir la face !

L'adolescent replace maladroitement son sac de glace sur sa tête.

— Mais je te l'ai dit sur Skype jeudi passé, *Babe*. Je m'ennuiiiiiie de toi ! Même que je t'ai composé, genre, un p'tit poème d'amour. Écoute-moi ça :

Mélanie, Mélanie, Mélanie
C'est toi la fille idéale...
Quand t'es pas dans ma vie
J'en perds les pédales...

L'adolescente s'est levée d'un air exaspéré pour retourner dans la cuisine.

— Ah oui ? Eh bien, moi aussi je vais t'en composer un « p'tit poème d'amour ». Écoute bien ça :

Francis, Francis, Francis
Dépêche-toi de faire de l'air !
Avant que je te sacre
Mon coup de pied au derrière !

Mais plutôt que de les quitter, le jeune homme se recroqueville confortablement sur le divan.

— Aaaaaahhhh... c'est suuuuuper confortable ici et je suis tellement fatigué ! On en reparlera, genre, demain matin, O.K. ?

Dubuc n'a qu'à jeter un coup d'œil à sa nièce pour savoir qu'elle en a ras-le-bol de son ancien ami de cœur. Il décide d'intervenir.

— Allez Francis, hop ! Ramasse tes bébelles et disparais ! Le coussin où tu mets présentement tes fesses, c'est mon oreiller pour la nuit !

   Cadavres à la sauce chinoise

Pour toute réponse, Francis se lève, prend son sac à dos, le lance négligemment sur le plancher du salon et en sort une couverture.

— O.K. d'abord, je vous propose un *sweet deal*, les amis. Laissez-moi dormir sur le plancher et demain matin, pouf! je disparais comme de la fumée. Vous n'entendrez plus jamais parler de Francis Francœur de votre vie, c'est promis-juré-craché!

— Pour vrai? demande Mélanie, soudain intéressée.

— Parole d'honneur! fait-il, la main sur son cœur.

Lorsqu'il entend sa nièce fermer la porte de sa chambre, Dubuc en profite pour questionner un peu le garçon.

— Mélanie me disait que tu travailles au garage de ton père?

L'adolescent explore maintenant dans le réfrigérateur.

— Y'a pas de bière icitte?

— Qu'est-ce que tu fais au garage? insiste Dubuc.

Le garçon ouvre nonchalamment une canette de Coke.

— Au garage Francœur de Laval? Ben, toutes sortes de jobines, genre, laver les chars, changer l'huile, donner des *lifts* aux clients, des affaires de même. Ça fait quatre ans que je fais ça...

— Depuis que tu as lâché l'école?

— Ouais. J'étais assez poche aux études, mais je fais une bonne *job* au garage. Mon père dit que je suis aussi bon que n'importe quel apprenti mécanicien!

Le policier est bien prêt à le croire, mais la poignée de main qu'ils échangent en se souhaitant bonne nuit le fait réfléchir : la peau est lisse et douce comme celle d'un bébé. Certainement pas la main rugueuse d'un mécanicien de garage...

*   *

*

Francis Francœur a tenu parole. Très tôt vendredi matin, il a ramassé ses affaires et quitté l'appartement.

— Tu sembles déçue ? s'informe Dubuc, cherchant à comprendre la psychologie féminine. Pourtant, hier soir, tu voulais le flanquer à la porte, ton beau Francis !

— Je sais bien, mais il a été mon premier vrai *chum*. Y'a des affaires qui ne s'oublient pas. Tu peux pas savoir, toi, oncle Roméo...

Après avoir avalé ses trois œufs au miroir et ses quatre tranches de bacon, le policier se sent d'attaque pour la journée. Il jette deux sucres et verse deux crèmes dans son café. Son téléphone vibre. C'est Dave Blanchette. Dubuc remarque l'excitation dans sa voix.

— Roméo, peux-tu venir me rejoindre au plus sacrant au poste avec Mélanie ? On vient de retracer le chauffeur de taxi de la compagnie Beck ! Le gars est présentement dans la salle d'interrogatoire !

Une demi-heure plus tard, Dubuc et Mélanie sont dissimulés à la vue derrière une grande vitre sombre. Dans la petite salle éclairée devant eux, assis à une table métallique, le détective Blanchette interroge un homme corpulent, suant comme un porc, la tignasse poivre et sel en bataille et la bedaine gourmande recouverte d'une chemise hawaïenne.

Mélanie sursaute en l'apercevant.

– Mais... mais c'est notre chauffeur de taxi italien, à Sophie et à moi ! C'est lui qui nous a amenées de l'aéroport jusqu'au restaurant Dragon Pearl. Il s'appelle Elvis, je crois, et il...

Dubuc lui fait signe de se taire pour ne pas manquer l'interrogatoire.

Elvis Bianco se défend avec véhémence. Il gesticule, les mains en l'air, de tous les côtés à la fois...

– Mais *Signore* Blanchette, je vous le répète ! Je *n'étais pas* dans la ruelle où une fille est morte, et je *n'étais pas* dans la voiture qui a foncé sur l'autre fille ! Après avoir déposé mes deux clientes, j'ai été me chercher un *expresso con panna* au Dragon Pearl, en laissant tourner le moteur de la voiture, comme je le fais souvent. Pendant que j'attendais mon café, quelqu'un a volé mon taxi et Dieu sait ce qui est arrivé ensuite !

Il fait son signe de croix et baisse la tête vers le plancher, comme pour faire intervenir la Providence en sa faveur.

Le détective Blanchette se gratte l'oreille.

– Un taxi volé... on aura tout vu. J'ai-tu l'air d'avoir une poignée dans le dos, moi, monsieur Bianco ?

– Écoutez, dit le chauffeur, je travaille 70 heures par semaine pour nourrir *la familia*. Alors vous savez, je n'ai vraiment pas besoin de me faire voler mon taxi et de me retrouver mêlé à une affaire de meurtre !

Le détective Blanchette revient sur son emploi du temps qui a précédé la tragédie dans la ruelle. Le chauffeur confirme avoir pris deux jeunes passagères parlant français à l'aéroport Pearson en début d'après-midi, pour les conduire au restaurant Dragon Pearl, dans le quartier chinois.

— Mettons que ça fait patente à gosse, votre explication! J'espère pour vous que l'employé du Dragon Pearl va vous identifier! Au fait, vous l'avez retrouvé comment, votre taxi volé?

— Vous devinerez jamais : dans la cour d'un club *topless* de l'est de la ville!

$$8$$

Malgré lui, Dubuc a passé une partie de la fin de semaine à ressasser trois questions importantes dans sa tête : 1) Que pouvait bien chercher l'indésirable qui a vandalisé l'appartement de Sophie vendredi dernier ? Peut-être le petit sac à main rouge disparu de la scène du crime ; 2) Est-il reparti les mains vides ? On pourrait le croire, vu le désordre total après son passage ; et 3) Puisque Athena, la chienne de Mme Krikri, n'a pas jappé, il fallait nécessairement que l'intrus soit déjà un familier des lieux.

Lundi matin, peu après le déjeuner, le policier se braque. Il a entendu un bruit sourd près de la porte. D'un geste de la main, il fait signe à Mélanie de vite se réfugier derrière le réfrigérateur pendant qu'il s'empare d'un couteau de cuisine et s'approche de l'entrée à pas feutrés. Mélanie prête l'oreille, mais n'entend qu'un bruit répété, comme un grattement de souris géante ! Dubuc ouvre brusquement. Le visiteur essoufflé surgit de derrière une lourde poche de hockey, qu'il vient de pousser péniblement jusqu'à la porte.

— T'es revenu ! crie Mélanie.

Francis Francœur se redresse en s'époussetant les bras et les jambes. Derrière lui, le gros sac reste ouvert sur le seuil. Il embrasse Mélanie et tend la main à Dubuc, qui tient son couteau de cuisine comme s'il avait vraiment l'intention de s'en servir...

— Tourlou, la *gang*! C'est moi, je suis revenu!

Comme chaque fois qu'elle revoit Francis, Mélanie est déchirée entre son désir de l'oublier, de le laisser derrière elle, et l'amour qu'elle a déjà ressenti – et qu'elle a parfois l'impression de ressentir encore – pour son premier vrai *chum*.

Dubuc examine rapidement le contenu de la poche de hockey : un ordinateur portable, des haut-parleurs, une radio portative, quelques chandails, une paire de souliers Nike...

— Tu déménages tes bébelles ici, mon garçon ? s'enquiert-il d'un ton dur.

— Ben non, Roméo! C'est juste que j'peux quand même pas laisser mon *stock* dans mon auto, c'est trop risqué. Toronto, c'est pas Chesterville, comprends-tu ?

L'adolescent réalise que Dubuc le regarde de travers.

— Écoutez, je suis cassé comme un clou! Je dors dans mon char! Personne m'a répondu quand j'ai sonné jeudi soir passé. Après, quand j'ai forcé la fenêtre de cuisine, je cherchais juste une place pour dormir. En plus, beding, bedang! La belle Mélanie m'assomme avec son chaudron! Aie, j'ai encore une bosse sur la tête, grosse comme une orange... pire, comme un pamplemousse! Regardez-moi ça!

Mélanie se colle affectueusement sur Francis et lui prend la main.

— En tout cas, ton sens de l'exagération, lui, est encore très enflé!

— Mon auto est en bas, *Babe*. Tantôt, on ira faire un tour dans ma Coccinelle jaune modifiée avec des bandes de *Roadrunner* sur la porte! *Suuuuper cool!*

Pendant que Francis ramasse son sac à dos et décide de prendre une douche, Dubuc soupire de malaise.

— Qu'est-ce qu'on va faire de lui? On essaie de savoir ce qui est arrivé à ta meilleure amie, Sophie. Veux-tu vraiment avoir Francis Francœur dans les pattes pendant l'enquête? C'est un casse-pieds de première classe, ton ancien *chum*!

Mélanie plisse les yeux, à la recherche d'un argument, et devient impatiente.

— Ahhhhhhh, je sais pas moi, oncle Roméo! J'ai cassé avec Francis, mais peut-être que ce n'est pas *vraiment* fini entre nous autres, comprends-tu? C'est peut-être un signe de la Providence s'il est revenu! En tout cas, si on le met à la porte encore une fois, il ne reviendra jamais, c'est certain. Mais si Francis reste quelques jours, je pourrai peut-être me faire une meilleure idée. Qu'est-ce que t'en penses, toi, mon super mononcle préféré de toute la planète? Ummmmm?

Mélanie a pris une voix de petite fille. Elle sait très bien que son parrain ne peut résister à son chant de sirène. Dubuc a un rictus de contrariété.

— Bout de chandelle, je l'espère pour toi! En tout cas, ton Francis est du genre emmerdeur, pot de colle, mouche à marde, et toutes ces qualités en même temps, ma pitchounette!

Au même instant, le garçon sort de la salle de bain, les cheveux encore humides.

– Aie, la *gang*, je viens d'avoir une idée suuuper géniale ! Pour me faire pardonner, je vous invite à souper au restaurant à soir !

Dubuc rugit :

– *Au restaurant* ? Mais tu viens de nous dire que t'es cassé comme un vieux clou rouillé, mon garçon !

– Ah, mais si vous payez, je vous rembourserai. Parole d'honneur ! dit-il, la main sur le cœur. Qu'est-ce que t'en penses, Roméo ?

– Pour toi, c'est *Monsieur Dubuc*, compris mon garçon ?

Le détective en a ras-le-bol. Il ramasse ses affaires et quitte l'appartement, sous le regard ahuri des deux autres.

– Tu vas où ? demande Mélanie.

– Voir si le père Noël vit encore au pôle Nord !

*   *

*

Pour se calmer, Dubuc arpente d'un pas rapide les rues du quartier. Après un quart d'heure, il décide de prendre un taxi et d'aller vérifier les progrès de l'enquête au poste de police. En arrivant, il croise Dave Blanchette, qui sort justement de l'ascenseur.

– Salut Roméo, j'allais justement manger une bouchée ! Viens, j'ai du nouveau !

Les deux hommes marchent dans la rue College jusqu'à une binerie de quartier située dans un sous-sol, un endroit que fréquentent régulièrement les policiers. Sur le trottoir, une pancarte annonce fièrement que le Grilled Cheese King est en affaires depuis presque 50 ans.

     Cadavres à la sauce chinoise

Dubuc commande le fameux sandwich, en ajoutant des frites cuites dans du gras de canard, des rondelles d'oignons et un lait frappé au chocolat. Pour sa part, Blanchette se contente d'une salade aux épinards et d'un jus de légumes.

Devant la stupéfaction de Blanchette, Dubuc se braque.

— Tu me fais penser à mon collègue détective de Chesterville, Lulu Langlois. Les seuls mots qui sortent de sa bouche, c'est « salade », « légumes » et « tofu ». Je ne sais pas comment tu fais. Moi, j'ai toujours faim! C'est probablement un stress psychologique subi dans mon enfance...

Le détective Blanchette s'amuse de voir Dubuc essayer de mettre son appétit gargantuesque sur le dos de son enfance. Puis, il passe aux choses sérieuses.

— Écoute, j'ai du nouveau sur l'affaire. J'ai fait vérifier les comptes de banque de Patricia Morris, tu sais la famille qui a hébergé Sophie pendant trois semaines à son arrivée à Toronto.

— Et alors?

— Attache ben ta tuque avec de la broche, Roméo : son compte personnel indique un retrait de 35 000 $ dans les jours qui ont suivi le meurtre!

Dubuc siffle un bon coup.

— Pour faire quoi?

— On sait pas encore. À ce stade-ci, toutes les hypothèses sont bonnes.

— Peut-être embaucher un tueur au chômage! lance Dubuc, en versant généreusement du ketchup et de la mayonnaise sur ses rondelles d'oignons.

— On va questionner la madame pour avoir plus de détails. Admettons, je dis bien « admettons », que Patty aurait découvert que Sophie et son mari se bécotaient tard le soir dans le char, comme le prétend son voisin. Elle aurait une bonne raison d'en vouloir à la pauvre fille, tu trouves pas ?

Dubuc approuve.

— Peut-être, mais restons prudents. Pour l'instant, on n'a pas de preuve. Sauf les commérages de son voisin !

* *
*

En fin d'après-midi, Dubuc revient à l'appartement. Mélanie lui a laissé une note disant qu'elle rentrera vers 20 heures à cause d'une activité d'initiation à l'école. Ses cours en arts culinaires commençaient aujourd'hui, lundi. Le début des classes de sa nièce rappelle au policier que son propre retour est attendu à la Sûreté du Québec de Chesterville. Il décide d'appeler Lucien Langlois.

Après les formalités d'usage, Dubuc fait le point.

— Écoute, Lulu, j'ai dit au patron que j'utilisais mes journées de congé accumulées.

— Quand reviens-tu à Chesterville ? demande Lucien, qui ne cache pas sa hâte de revoir son collègue.

— Je ne sais pas vraiment. Je veux juste m'assurer que Mélanie va bien, qu'elle est installée dans son appartement et qu'elle ne fera pas une crise d'angoisse chaque fois qu'elle pensera à Sophie. Écoute, mon vieux, elle a trouvé sa meilleure amie mourante, la gorge tranchée avec des morceaux de bouteille de Coke, au bout de son sang dans une

   Cadavres à la sauce chinoise

ruelle! Ça laisse des cicatrices profondes dans la tête d'une jeune fille, c'est certain!

Lucien écoute attentivement. À travers le récit de Dubuc, il imagine non seulement l'angoisse de Mélanie, mais aussi celle de son vieil ami...

— Prends le temps qu'il faut, Roméo. Si nécessaire, je vais m'arranger avec le patron pour te couvrir.

Mais alors que Lucien s'apprête à raccrocher, Dubuc le retient.

— Attends, Lulu, j'ai un petit service à te demander. Pourrais-tu te renseigner sur un certain Francis Francœur, un jeune de 21 ans? Il vit chez ses parents à Montréal. Il travaille au garage de mécanique générale Francœur qui appartient à son père. Si ma mémoire est bonne, c'est à Laval.

— Qu'est-ce que tu veux savoir?

— S'il a eu des ennuis avec la police, les autorités, des trucs du genre. Peux-tu faire ça pour moi?

— Tu le soupçonnes?

— Pas vraiment, mais c'est l'ancien *chum* de Mélanie. Il est réapparu tout à coup dans sa vie à Toronto, et ma nièce m'a l'air d'avoir encore un gros *kick* sur lui! Pour te dire la vérité, quelque chose me chicote à propos de ce garçon, mais je n'arrive pas à mettre le doigt dessus...

*   *

*

En début de soirée, le détective Blanchette s'apprête à interroger à nouveau Jim Wilson, ce travailleur social qui a raconté à la police vouloir sortir Sophie de la prostitution.

Avant de le rejoindre dans la petite salle d'interrogatoire, Blanchette prend le temps d'observer son suspect derrière le grand miroir sans tain. À 36 ans, Jim Wilson est grand et plutôt maigrichon. L'épaisseur de ses lunettes laisse croire qu'il souffre de strabisme ou d'un autre trouble oculaire. Il porte une chemise jaune en coton, des jeans, et il transpire déjà abondamment. Chaleur estivale ou sentiment de culpabilité?

Le détective entre dans le local et lance une pile de feuilles sur la table.

— Monsieur Wilson, on s'enfargera pas dans les fleurs du tapis! Vous êtes la dernière personne à avoir parlé à Sophie Létourneau. En plus, on a aussi retrouvé vos lettres d'amour dans son tiroir, envoyées plusieurs jours avant sa mort. Vous tentiez de la convaincre de tout lâcher, pour partir avec vous à Vancouver. Vous avez au moins une quinzaine d'années de plus qu'elle. Sophie, c'était-tu votre maîtresse?

Le suspect passe et repasse la main sur sa joue, mais la réponse ne vient pas. Plus il ressasse ses souvenirs, plus son visage prend une expression colérique.

— Aie, Sophie était pas forte sur la reconnaissance! *C'est moi* qui l'ai ramassée quand elle sniffait trop fort ou qu'elle se défonçait avec de la vodka! *C'est moi* qui lui ai donné de l'argent, des contacts, n'importe quoi, pour l'aider à se sortir du trouble... Alors, quand elle m'a annoncé qu'on n'allait plus à Vancouver ensemble parce qu'elle ne m'aimait plus, j'ai quasiment capoté!

— L'avez-vous suivie au restaurant le jour de sa mort? demande Blanchette.

— C'était mon idée, mais je ne l'ai pas fait...

– Pourquoi pas ?

– Écoutez, au téléphone, Sophie m'a expliqué assez clairement que c'était fini entre nous… qu'elle avait quelqu'un d'autre dans sa vie… et que si je continuais à m'accrocher à elle, eh bien, Mademoiselle irait tout placoter à ma femme !

– Excellent motif, monsieur Wilson ! Fermer la trappe à Sophie pour de bon, pour éviter qu'elle placote à votre femme ! Où c'est que vous étiez à l'heure du meurtre jeudi passé, il y a dix jours ?

Jim Wilson sirote nerveusement un verre d'eau.

– Au centre d'achats, si je me souviens bien. Je devrais peut-être appeler mon avocat…

– D'après vous, qui c'est qui pouvait en vouloir à Sophie ?

– Écoutez, je suis travailleur social, alors je connais ça le monde *fucké* qui ont des problèmes graves dans la vie. Je peux vous dire que dernièrement, Sophie était très troublée, c'était évident. Elle n'était plus elle-même. On aurait dit qu'elle vivait constamment dans la peur que quelque chose de terrible lui arrive. Et moi, qui étais prêt à tout laisser pour partir avec elle, je n'ai pas réussi à la protéger…

– Malheureusement pour vous, on dirait que l'enfer est pavé de bonnes intentions, monsieur Wilson.

9

Mardi soir, Dave Blanchette n'est pas pressé de rentrer à la maison. Sa femme Huguette est en voyage pour quelques jours et ses deux filles dorment chez la gardienne. À cette heure pourtant, la plupart de ses collègues ont quitté leur bureau du centre-ville.

Le contenu du dossier de Sophie Létourneau est éparpillé devant lui, près de deux tasses de café vides. Le détective en relit rapidement chaque page, comme si l'exercice allait miraculeusement lui révéler l'auteur de ce meurtre atroce. Soudain, il bondit sur ses pieds. Une information qui lui avait échappé précédemment lui saute maintenant aux yeux : lorsque Sophie a été arrêtée pour prostitution trois mois avant sa mort, les enquêteurs la soupçonnaient d'avoir travaillé pour un certain Johnny Simard, bien connu des milieux policiers. Maintenant, Dave Blanchette peut établir un lien direct avec la déposition de Mélanie, qui a mentionné que Sophie lui avait parlé de son «*chum* Johnny» au restaurant.

Le détective connaît bien Johnny Simard. Parti de rien à Valleyfield au Québec, ce petit truand est devenu propriétaire de trois bars de danseuses

nues. Après les avoir vendus, il s'est installé à
Toronto pour ouvrir un club réputé avoir des liens
avec la mafia. L'alcool et la prostitution sont pour
lui des activités lucratives, mais Johnny Simard est
aussi connu pour ses activités louches de « passeur » illégal. On sait qu'il achète et revend sur le
marché noir de la drogue, des armes, des cigarettes,
bref, n'importe quoi...

« Si Sophie a travaillé pour lui, faut lui parler ! »
se dit Dave Blanchette, en mettant son veston
pour sortir.

Il est passé 20 heures. Une pluie fine mais
tenace claque sur le pare-brise de sa Ford Focus.
Roulant vers l'est dans la rue Danforth, le détective
traverse le quartier grec et poursuit sa route jusqu'à
l'avenue Woodbine. Il aperçoit bientôt l'enseigne
lumineuse jaune et rouge d'une danseuse nue qui
clignote aux cinq secondes : le Bikini Club.

Mis à part l'enseigne de mauvais goût, un
autre détail confirme à Blanchette qu'il est au bon
endroit : une rutilante Ferrari rouge de l'année est
garée tout près de la porte arrière du club de nuit.
Johnny Simard est ici, c'est certain !

La soirée est encore jeune et les clients, peu
nombreux. Dave Blanchette entre et va directement au bar. Il jette un coup d'œil autour de lui :
quelques serveuses presque nues circulent entre
les tables, apportant les consommations aux
rares clients. Le détective remarque aussi plusieurs videurs ici et là dans la salle. Des gars bâtis
comme des armoires à glace et prêts à intervenir
au moindre signe d'agitation.

— Tu veux boire de quoi, mon beau chéri ?

Blanchette se retourne. Derrière le bar, une
femme plutôt âgée, à la voix rauque de fumeuse

et affublée d'une perruque blonde à la Marilyn Monroe, lui fait un sourire édenté. « Probablement une ancienne stripteaseuse », se dit-il.

— Je veux parler à Johnny, annonce-t-il, en flashant son badge de police pour éviter tout malentendu.

— O.K., d'abord. Attends-moé icitte, correct mon beau chéri ? minaude-t-elle, en allant au fond de la salle.

Le temps passe. Blanchette patiente cinq minutes. Dix minutes. Quinze minutes. À bout de patience, il se rend à son tour au fond du club, jusqu'à la porte surmontée de la pancarte *Administration – No admission*. Au moment de monter l'escalier, il se bute à un énorme culturiste aux biceps gonflés à l'hélium, planté devant lui, les bras croisés et peu impressionné par son insigne.

— Va dire à Johnny qu'il...

— T'as affaire à moé, monsieur Blanchette ?

*   *

*

Mélanie est revenue de ses cours vers 20 heures. Pendant qu'elle se prépare un sandwich, Dubuc soulève le rideau de la fenêtre qui donne sur la rue.

— Tiens, le taxi d'Elvis Bianco est encore stationné devant l'immeuble, constate le policier.

— Comment le sais-tu ?

— Le numéro 2492 sur la porte. Pas d'erreur, c'est bien son auto. Tu l'as identifiée quand tu étais sous hypnose...

— Est-ce que la police l'a accusé ? demande Mélanie, d'une voix inquiète. Je veux dire, est-ce que c'est lui qui a foncé sur moi dans la ruelle quand Sophie a...

– Le détective Blanchette a vérifié son alibi. Elvis Bianco est bel et bien venu se chercher un café au Dragon Pearl, après vous avoir déposées à l'entrée du restaurant. Le patron et un serveur, de même que deux clients l'ont confirmé. Lors de son interrogatoire, tu te souviens qu'Elvis avait dit qu'on lui avait volé son taxi.

Mélanie fait la moue.

– Tant mieux pour lui! Malheureusement, les employés étaient pas mal moins coopératifs pour témoigner sur la mort de Sophie!

Dubuc sursaute. Il vient d'apercevoir quelqu'un, debout près du taxi d'Elvis Bianco, en train de le frapper par la vitre entrouverte! Le policier sort de l'appartement aussi vite qu'il le peut. Le chauffeur italien est en difficulté. L'individu portant un chandail de coton ouaté noir à capuchon est maintenant assis sur la banquette avant. Il agite nerveusement un couteau sous le nez du chauffeur.

Vif comme un chat malgré sa corpulence, Dubuc ouvre la portière et saisit l'agresseur par les épaules pour l'attirer jusqu'à lui sur le trottoir. Une solide clé de bras fait hurler de douleur l'assaillant, qui échappe son couteau. Puis, le policier lui serre fermement la gorge d'une main. L'attaquant manque d'air. Ses yeux sont exorbités, il va suffoquer d'une seconde à l'autre...

Pour s'assurer que son message est bien compris, Dubuc augmente d'un cran la pression. Sa victime réussit finalement à se libérer par un solide coup de pied arrière dans l'estomac de Dubuc, qui en perd le souffle. L'autre en profite pour s'enfuir à toutes jambes. Elvis Bianco a rejoint Dubuc, qui respire péniblement sur le bord du trottoir, et lui saisit les deux mains avec effusion.

– *Ah... bravo, magnifico! Grazie, grazie!* Cet homme-là, il m'a volé seulement quelques billets de 50 $. Mais sans vous, je serais peut-être mort, *Signore* Dubuc !

* *
*

Le culturiste dans l'escalier s'écarte et Blanchette se retrouve face à Johnny Simard en personne. Les deux hommes ne se sont pas vus depuis quelques années, mais le détective est impressionné : Simard est grand et athlétique, il dépasse tout le monde d'une tête. Son t-shirt laisse voir une série de tatouages de caméléons rouges et de serpents, sur ses bras et son torse très musclés. Une chaîne en or pend à son cou et il porte un petit anneau avec un diamant à l'oreille droite. Même dans la quarantaine, Simard continue de nouer ses cheveux très noirs en queue de cheval, pour faire *cool*. Ses yeux, surtout, attirent l'attention. Ils sont cruels et ont vu la mort à plusieurs reprises. Des yeux de loup. Son front bronzé est marqué d'une cicatrice à la suite d'une bagarre avec une lame de rasoir dans une douche, en prison. On raconte que Simard aurait coupé trois doigts à la main droite de son adversaire, en représailles des trois sacs de drogue que la victime avait volés à son organisation.

– Sophie Létourneau a été assassinée. C'était quoi tes rapports avec elle ? demande d'emblée Blanchette.

– Sophie quiiiii ?

Le détective lui met la photo sous le nez.

— Ahhhh, cette fille-là ! Elle s'appelle pas Sophie, pantoute. C'est la petite Princesse de la Vodka bleue ! C'est comme ça qu'on l'appelait icitte au Bikini Club, pas vrai les gars ?

Blanchette s'est légèrement retourné. Autour de lui et Simard, cinq ou six fiers-à-bras très costauds se sont discrètement rassemblés en demi-cercle. Le détective sait très bien qu'en cas de bagarre, il se ferait aplatir la face comme une crêpe Suzette ! Pour l'instant, il préfère rester poli...

— D'après la police, Sophie travaillait pour toi.

Simard a les bras croisés et l'air baveux de celui qui contrôle la *game*. Il éclate de rire.

— Travaillait pour moééé ? *Holy shit*, vérifie tes informations, mon *chum* ! Sophie, elle venait prendre un verre icitte de temps en temps au Bikini Club, mais c'est toute en toute, pas vrai les gars ?

— Pourtant, le rapport dit que...

Johnny Simard s'est rapproché, si bien que les deux hommes sont maintenant à une distance inconfortable l'un de l'autre. Le détective peut humer son haleine fétide de whisky mariné dans un fond de cendrier. Avec son index, Simard lui tapote l'épaule à répétition pour faire passer son message.

— Le rapport, le rapport... Blanchette, tu commences à me taper sur le gros nerf, mon tabarnak ! Faut pas toujours croire les rapports, parce que si vous aviez quelque chose de vraiment solide sur Johnny Simard, je serais déjà en prison. C'est pas vrai, ça, les gars ?

Des râlements approbateurs fusent à la ronde.

— En prison ? Ça *fait plein de sens pour moé*, Johnny...

L'autre a un mauvais sourire.

– Parlant de princesse, ta fille la plus jeune-là, la belle petite Nadine, elle va toujours à l'école du Sacré-Cœur ?

Le détective serre les poings et rage entre ses dents :

– Simard, si jamais tu touches ma fille, je...

Blanchette comprend soudain que le propriétaire du Bikini Club tente de le provoquer. Dans son dos, les cinq colosses aux aguets, les poings déjà serrés et bavant d'anticipation, n'attendent qu'un signal de leur patron pour se jeter sur lui comme des chiens affamés sur un os ! Le détective décide d'éviter toute confrontation et quitte le Bikini Club sous le regard moqueur du petit groupe. En arrivant dans le stationnement, il pousse un juron : ses quatre pneus ont été crevés...

Une fois sa rage passée, Dave Blanchette remarque autre chose qui l'inquiète davantage : stationnée juste à côté de la Ferrari rouge de Johnny Simard, une Coccinelle jaune modifiée avec des bandes de *Roadrunner* sur la porte, immatriculée au Québec. La voiture *funky* de Francis Francœur, dont lui a parlé Dubuc.

* *

*

Le mercredi en fin d'avant-midi, Dubuc rejoint le détective Blanchette au poste de police de Toronto. Les deux hommes veulent interroger Patty Morris au sujet des 35 000 $ retirés de son compte de banque quelques jours seulement après le meurtre de Sophie.

Ils sonnent chez elle. La femme vient ouvrir et semble étonnée de les trouver là.

   Cadavres à la sauce chinoise

– On vous dérange ? demande poliment Blanchette.

– Euh, non. C'est juste que… j'ai un rendez-vous chez le coiffeur dans une demi-heure, mais entrez…

Elle fait à nouveau passer les deux hommes au salon. Dubuc aperçoit une jeune Noire d'une vingtaine d'années dans la cuisine.

– Vous avez une nouvelle bonne d'enfants ? Ce n'est pas celle de la dernière fois.

– L'autre est repartie aux études. Mes enfants aiment bien la nouvelle. Son nom est Sue Helen. Elle est gentille avec eux. Comme je vous l'ai déjà dit, j'ai des critères assez stricts pour choisir nos *nannies*.

Puis, Patty Morris coupe court aux mondanités.

– Qu'est-ce qui vous ramène, messieurs ?

Blanchette lui tend une feuille.

– Puisque vous êtes une personne d'intérêt dans cette enquête, on a vérifié vos finances. Le relevé de votre compte de banque montre que vous avez retiré 35 000 $, trois jours après le meurtre de Sophie Létourneau. Y'a-tu quekchose que vous nous dites pas, madame Morris ?

Sur le coup, le visage de Patty Morris se transforme. Elle se laisse tomber sur le divan et lance d'une voix forte en direction de la cuisine :

– Sue Helen, ferme la porte du salon s'il te plaît !

Blanchette et Dubuc s'assoient devant elle.

– Je… je peux vous expliquer…

– À quoi a servi cet argent, madame Morris ? demande Dubuc.

– J'avoue que c'est une mauvaise coïncidence.

– Une *coïncidence* ? répète Blanchette.

— Je réalise bien que j'ai retiré cet argent trois jours après le meurtre de Sophie. Mais c'est un hasard malheureux, qui n'a rien à voir avec sa mort, croyez-moi...

— Expliquez-vous...

— Avant d'épouser Howard, j'étais mère monoparentale. J'ai eu mon premier enfant à 19 ans et je l'ai élevé toute seule, jusqu'à ce que je rencontre Howard et qu'on se marie, il y a cinq ans. Aujourd'hui, mon fils Adrien a 24 ans. Il vient d'être accepté au doctorat en économie au Massachusetts Institute of Technology à Cambridge aux États-Unis. Je suis tellement fière de lui! Évidemment, étudier dans cette université américaine prestigieuse coûte une petite fortune. Alors, je n'ai pas pensé plus loin que le bout de mon nez. J'ai pris 35 000 $ dans le compte courant que m'a ouvert mon mari et j'ai payé les études d'Adrien.

Elle met soudain la main sur son cœur.

— Je l'ai fait pour l'avenir de mon fils!

La bonne d'enfants dépose trois tasses de café et des biscuits sur la table basse. Patty Morris a enfoui son visage dans un mouchoir. Incommodés par ce spectacle, les deux détectives la saluent rapidement et repartent.

Une fois revenus à leur véhicule, ils font le bilan de cette rencontre. Blanchette éclate de rire, en partie pour évacuer la tension accumulée devant autant d'émotion.

— *Holy cow!* C'était quoi ça, Roméo? On devrait donner à Patty Morris l'Oscar de la meilleure maman au monde...

— Ou celui de la meilleure actrice!

10

En début d'après-midi, le détective Blanchette reçoit une information capitale pour la suite de son enquête : une jeune fille originaire d'Halifax, Gloria Carpetti, disparue sans laisser de traces il y a six mois, habitait le même immeuble que Sophie !

Il se souvient des manchettes dans les journaux : Gloria vivait à Toronto depuis quelques mois. Elle avait trouvé du travail comme réceptionniste dans un bureau du centre-ville et menait une vie rangée. Elle rentrait à son appartement chaque soir à la même heure. Lors de sa disparition, ses parents crurent qu'elle avait tout quitté sur un coup de tête, mais les enquêteurs furent d'un autre avis. Elle n'avait même pas son portefeuille avec elle, ce qui laissa croire à la police qu'il s'agissait d'un enlèvement. On ne revit jamais cette pauvre fille, et la déposition de la logeuse, Mme Krikri, demeura très vague à ce sujet...

Blanchette gare sa voiture devant le 754, rue Pape. La logeuse vient ouvrir.

— Kristina Kristopoulos ? Détective Dave Blanchette, de la police municipale de Toronto. J'ai une couple de questions sur la jeune Sophie Létourneau, qui habitait ici au moment de sa mort.

— Mais mon ami... vous perdez votre temps, j'ai déjà parlé à la police.

— C'est exact, on a noté votre déposition. Par contre, vous avez négligé de mentionner *qu'une autre fille* qui avait également habité ici, il y a six mois, avait disparu dans des circonstances tragiques !

— Vous parlez de Gloria Carpetti ? Mon Dieu, oui c'est vrai. La pauvre fille est partie subitement.

— Partie ? Mais Gloria est disparue, madame Kristopoulos ! Pas partie...

— Eh bien moi, j'ai toujours pensé que c'était à cause d'un garçon...

— Quel garçon ?

— Quelques semaines avant de disparaître, Gloria s'était amourachée de quelqu'un. Elle le ramenait souvent à l'appartement. Chose certaine, toutes ses affaires sont restées dans sa chambre, ce qui m'a toujours fait croire qu'elle était partie sur un coup de tête. Vous savez comment les jeunes peuvent être impulsifs de nos jours ! En tout cas, c'est ce que je pense...

— On va s'en tenir aux faits, madame Kristopoulos. Bizarre que deux drames soient survenus à six mois d'intervalle, impliquant deux jeunes locataires du même édifice à logements : *le vôtre !*

Mme Krikri lève les yeux au mur, vers une affiche géante de l'île enchanteresse de Mykonos en Grèce, où elle voudrait certainement être transportée comme par magie en ce moment.

— Que voulez-vous que je vous dise ? Les loyers de mes appartements sont un peu moins chers qu'ailleurs dans le quartier grec, ce qui me permet de louer à l'année longue. Par contre, mes prix moins élevés attirent peut-être aussi une clientèle moins désirable, des gens qui peuvent avoir toutes sortes de « problèmes », même avec la police, si vous voyez ce que je veux dire. Écoutez, je fais de mon mieux depuis que je suis veuve, mais je ne peux quand même pas surveiller tout le monde ! Après tout, c'est vous la police, pas moi...

Blanchette sait qu'il n'a rien pour accuser la logeuse de la rue Pape. Avant de repartir, il se retourne.

— Dites-moi, est-ce que Sophie Létourneau avait souvent de la visite quand elle habitait ici ?

— De la visite ?

— Ouais. Du monde qu'elle ramenait chez elle...

La petite femme réfléchit un instant.

— Eh bien, il y a eu un garçon. Sophie lui parlait en français...

— Savez-vous son nom ?

— Nooooonnn, ma mémoire est bien trop mauvaise...

*　*

*

Revenu à l'appartement après la visite chez Patty Morris, Dubuc décide de contacter Blanchette.

— Dave, quand on a trouvé Sophie morte dans la ruelle derrière le restaurant, te souviens-tu s'il manquait quelque chose ?

— D'après la déposition de Mélanie, la petite sacoche rouge de Sophie avait disparu.

— Exact. Elle n'était ni dans la ruelle ni au bar. Si le meurtrier est parti avec, c'est parce qu'il cherchait quelque chose. Mais quoi ?

— L'argent, probablement. Ta nièce dit que Sophie avait une fortune en billets de banque !

– Oui mais, quoi d'autre, mon vieux? Le meurtrier n'a rien trouvé dans le petit sac à main rouge, alors il est revenu fouiller l'appartement de Sophie le lendemain!

Le détective Blanchette reste perplexe.

– Tu veux dire des photos compromettantes, un passeport, un document important, des trucs comme ça?

Dubuc approuve. Comme son collègue, il cherche des réponses.

*　　*

*

Ayant à peine eu le temps de raccrocher, Roméo reçoit un appel de Lucien « Lulu » Langlois, qui s'informe des progrès de l'enquête en cours.

– Dave Blanchette est un bon détective, il connaît son métier, c'est certain, raconte Dubuc. Mais jusqu'ici, on n'a rien de vraiment solide sur personne. Il y a ce travailleur social, un dénommé Wilson, qui voulait apparemment s'enfuir avec Sophie à Vancouver. Elle l'a lâché à la dernière minute. Il y a aussi cette Patty Morris, une mère monoparentale qui a épousé un avocat super riche, mais qui a secrètement retiré 35 000 $ de son compte de banque quelques jours après la mort de Sophie. Apparemment pour les études de son fils aux États-Unis, mais la police de Toronto n'a pas encore vérifié l'information.

– Et ta logeuse grecque, là, cette madame Krikri...

– Ah, celle-là, tout un numéro! C'est pendant son party d'anniversaire que l'un des invités, le dresseur de chiens Horace, a été empoisonné à la digitaline. Il en est mort peu de temps après. Moi, je reste convaincu qu'il s'était trompé de verre et avait bu par erreur dans celui de Mélanie. Par contre, on a passé tous les invités au peigne fin. Personne n'a d'antécédents criminels pouvant retenir notre attention.

Lucien intervient :

— Aussi, j'ai vérifié ce que tu m'avais demandé sur ce Francis Francœur. Monsieur est très populaire, il a plus de 1 200 amis Facebook et des dizaines de photos en bedaine avec ses *chums* de gars, une bière à la main !

— As-tu eu du nouveau ?

— Eh bien, ça confirme un peu ce qu'il vous a raconté. Francis a lâché l'école pour travailler au garage de mécanique générale Francœur de son père à Laval. D'après ce qu'on m'a dit, il arrive et il part quand il veut, il n'a pas vraiment d'horaire ni d'obligations. Son père l'utilise pour des jobines : conduire les clients au travail, laver les autos, des petits travaux de mécanique faciles. Comme on dit, Francis n'a pas besoin de se forcer le derrière dans la vie !

— Il se dit aussi bon que n'importe quel apprenti mécanicien ! rétorque Dubuc.

— Ça m'étonnerait. D'après mes informations, Francis ne s'est pas montré souvent la face depuis un an pour travailler au garage de son père !

— Qu'est-ce qu'il fait alors ?

— C'est ça, le problème ! Personne ne le sait vraiment ! Francis prend une auto dispendieuse dans la cour du garage de son père et disparaît pendant trois ou quatre jours !

— Des affaires louches, tu penses ?

— Sais pas…

— La drogue, peut-être ?

— Sais pas non plus...

— Coudon, faudrait bien finir par le savoir, Lulu ! Ma nièce Mélanie a les genoux qui claquent d'amour chaque fois que Francis Francœur est dans les parages ! Trouve-moi des réponses au plus sacrant, veux-tu ?

— Correct. En passant, j'ai aussi appris que Francis est assez populaire auprès des filles. Il a eu quelques blondes à Montréal avant Mélanie, dont une certaine Nadine et aussi une Sophie...

— Sophie qui ?

— Tu veux pas le savoir : Sophie Létourneau...

11

Vers 11 heures le jeudi matin, le détective Blanchette se présente à l'appartement. Dubuc ouvre.

— Mélanie est au collège. Avais-tu affaire à elle ?

— Plutôt à toi, Roméo. J'ai une information intéressante. Tu sais, le char assez *funky* de Francis Francœur dont tu m'as parlé...

— Ouais, sa vieille Coccinelle jaune avec des décalques de *Road Runner* ? Impossible de la manquer !

— Justement. Mardi soir, elle était à côté de la Ferrari rouge de Johnny Simard dans le parking du Bikini Club, dans l'est de la ville. C'est pas une place ben diable pour un jeune comme Francis.

Dubuc fronce les sourcils en point d'interrogation.

— Excuse mon ignorance, Dave, mais c'est qui « Johnny Simard » et c'est quoi, le « Bikini Club » ?

Le détective lui fait un résumé de la situation.

— Simard est propriétaire d'un club de danseuses appelé le Bikini Club, dans l'est de la ville, qui engage des jeunes serveuses bien tournées ! En réalité, c'est plutôt de là que Johnny coordonne ses opérations. C'est un « petit boss des bécosses » du milieu criminel en Ontario. La police de Toronto a un dossier épais de même sur lui : fraude, chantage, extorsion, la liste est longue ! Ces dernières années, il a ajouté la drogue et la prostitution à ses activités. Johnny Simard est un *businessman* ambitieux qui a la tête enflée. Pour faire de l'argent, il n'hésite pas à conclure des *deals* avec les groupes de motards hors-la-loi et même avec la mafia, en Ontario et au Québec ! Malgré tout, on n'a jamais vraiment réussi à le pogner la main dans le sac, celui-là !

— Ce Johnny Simard se tient souvent au Bikini Club ? demande Dubuc.

— C'est son *office*. On l'a déjà surveillé pendant plusieurs semaines. Quand sa Ferrari rouge de 300 000 $ est au Bikini Club, tu peux être sûr que Simard est dans les parages ! J'ai justement été l'interroger sur Sophie, mardi soir passé. Ses *bodyguards* sont toujours collés sur lui comme des sangsues, impossible de l'approcher. Je suis reparti *full* frustré, pis avec quatre pneus pétés sur mon char !

— C'est quoi le rapport entre Sophie et ce Johnny Simard ?

— Quand Sophie a parlé de son « chum Johnny » à Mélanie au restaurant le jour du meurtre, elle faisait probablement référence à lui. Et comme tu le sais, lorsqu'elle s'est fait arrêter pour prostitution trois mois avant de mourir, elle travaillait pour lui…

*   *
*

Vers 13 heures le même jour, le travailleur social Jim Wilson a été convoqué à nouveau par le détective Blanchette. Il est dans la petite salle d'interrogatoire de la police de Toronto. De l'autre côté de la vitre sans tain, Blanchette l'observe un bon moment avant d'aller s'asseoir en face de lui. Le détective a remarqué, lors de ses rencontres précédentes avec le suspect, que celui-ci se grattait parfois l'oreille lorsque la réponse à une question semblait l'embêter. Mensonge ou simple hésitation ?

Blanchette sort une série d'agrandissements et les dépose sur la table devant le suspect.

— Ça va mal pour vous, monsieur Wilson ! J'ai des photos prises par les caméras de sécurité de Toronto sur la rue Pape, près de l'appartement de Sophie. Ici, on voit votre char, une Mazda 6 grise, stationné tout près, le lendemain du meurtre. Et le 875 ZRT, c'est bien votre numéro de plaque, je pense ?

Wilson approuve d'un signe de tête.

— Comme vous l'avez découvert, j'ai téléphoné à Sophie au restaurant, juste avant qu'on la tue. Elle a ignoré mon premier appel. Quand je l'ai rappelée 10 minutes plus tard, elle a répondu. Dans la ruelle, elle m'a dit au téléphone qu'elle ne voulait plus entendre parler de moi. J'ai trouvé ça raide de me faire *flusher* au téléphone après tout ce que j'avais fait pour elle, vous comprenez !

— Alors, vous êtes allé chez elle… poursuit le détective Blanchette.

— Le jeudi après-midi, quand vous êtes venu chez moi pour m'informer de sa mort, j'ai capoté un peu. Le lendemain, j'ai voulu récupérer des photos compromettantes de Sophie et de moi, avant que la police les trouve à son appartement, comprenez-vous ?

Jim Wilson se gratte l'oreille. Blanchette reprend le contrôle de l'entrevue.

– Moi, j'ai une autre version des faits à vous proposer, monsieur Wilson : quand Sophie a ignoré votre premier appel, vous êtes allé dans la ruelle derrière le Dragon Pearl, d'où vous l'avez *phonée* une deuxième fois. Sophie est sortie pour vous parler, les affaires ont mal tourné, vous avez pogné les nerfs et l'avez tuée à coups de bouteille de Coke ! Ça *fait pas de sens*, mais c'est arrivé de même ! Un beau meurtre passionnel, monsieur Wilson !

Jim Wilson a chaud. Très chaud.

– Bâtard, vous devriez écrire des romans policiers, c'est pas l'imagination qui vous manque ! Je vais être honnête avec vous, détective Blanchette : j'ai pas tué Sophie, mais c'est moi qui ai viré son appartement à l'envers, je l'avoue ! Comme je vous l'ai dit, je cherchais des photos compromettantes. La petite garce menaçait de les envoyer à ma femme si je n'arrêtais pas de m'accrocher à elle ! Alors quand j'ai appris que les enquêteurs allaient perquisitionner son appartement, j'ai décidé d'arriver avant eux autres !

Blanchette vient de comprendre.

– Ça explique pourquoi le caniche de madame Krikri n'a pas jappé ce jour-là. Il vous connaissait déjà, à cause de vos visites régulières chez Sophie. Au fait, avez-vous trouvé ces photos ?

– Nulle part. Et j'ai fouillé partout, croyez-moi !

Blanchette voit Jim Wilson se gratter à nouveau l'oreille.

* *

*

     Cadavres à la sauce chinoise

En début d'après-midi vendredi, Mélanie revient de ses cours. Dès son entrée dans l'appartement, un délicieux fumet de bœuf rôti envahit ses narines. Elle lance son sac sur le divan et s'élance dans la cuisine. Son oncle Roméo, vêtu d'un tablier de grand chef, s'active devant ses chaudrons en sifflotant.

— Ah, te voilà, ma pitchounette! Regarde-moi ça : je t'ai préparé un délicieux rosbif avec des patates jaunes et des petites carottes bio de jardin. C'est digne des meilleures recettes de Ricardo! Même tes professeurs de cuisine au collège George Brown en baveraient de jalousie!

La bonne humeur de son oncle étant contagieuse, Mélanie s'installe à table avec appétit, pendant que le cuistot du jour lui sert une généreuse portion de bœuf.

— Aie, c'est super bon! Pourquoi maman m'a toujours dit que tu mangeais juste des cochonneries? demande-t-elle, en piquant une fourchette gourmande dans son assiette.

Mais à mesure que le repas avance, Mélanie Dubuc-Morin devient de plus en plus soupçonneuse de son oncle. Cette gentillesse – aussi imprévue qu'inexplicable – la tracasse un peu. En vraie Dubuc, elle décide de l'aborder de front.

— Ou bien t'as fait une grosse gaffe, ou bien t'as quelque chose de super sérieux à me demander!

Démasqué, Dubuc dépose ses ustensiles.

— Bon, écoute, Mélanie. J'essaie de rejoindre Francis depuis mardi soir. Monsieur ne prend pas ses messages depuis trois jours. As-tu un moyen de le contacter?

— Qu'est-ce que tu lui veux à Francis? Moi non plus, il ne me répond pas.

— Je suis inquiet pour lui...

— Pourquoi ?

— Parce qu'il s'est rendu à un endroit dangereux, mardi soir passé.

— Où ça ?

— Un club qui appartient à des criminels. Le
Bikini Club...

Mélanie éclate d'un rire nerveux.

— Aie, c'est pas le genre de Francis d'aller dans
un endroit qui...

— La police pense que Sophie travaillait pour
le patron du Bikini Club. Alors, Francis mène peut-
être sa petite enquête de son côté. Lui aussi veut
savoir ce qui est arrivé.

— Mais pourquoi ? Il la connaissait presque
pas, Sophie. Il sait juste que c'était ma meilleure
amie, dit l'adolescente.

— Mélanie, malheureusement, tu ne sais pas
toute la vérité. Francis a été le *chum* de Sophie
avant de sortir avec toi...

— Quoi ? Aie, ça se peut pas ! Francis me
l'aurait dit ! Sophie aussi me l'aurait dit, c'était ma
meilleure amie ! s'écrie la jeune fille, en enfouissant
son visage dans ses mains.

Dubuc relate avec ménagement à sa nièce
les recherches de Lucien Langlois à la SQ de
Chesterville.

— Mon collègue a monté un dossier sur
Francis. Il est possible qu'il soit venu régulièrement
à Toronto pendant tout le temps que Sophie vivait
ici. C'est pour ça qu'il faut le retrouver. Je veux
savoir ce qu'il vient faire ici et pourquoi il s'est
rendu au Bikini Club.

Mais déjà, Mélanie s'est précipitée hors de la
cuisine. Dubuc l'entend sangloter dans sa chambre.

   Cadavres à la sauce chinoise

*   *

*

Quelques heures plus tard, Mélanie surgit dans la cuisine et vient s'asseoir en silence devant Dubuc, le regard fixé au sol.

— Excuse-moi de t'avoir annoncé brutalement la nouvelle, Mélanie…

L'adolescente fait un petit signe de tête. Dubuc s'efforce de détourner l'attention de sa nièce sur autre chose.

— Dis-moi, quand tu étais avec Sophie au restaurant, est-ce qu'elle a sorti quelque chose de son petit sac à main rouge ?

Elle hausse les épaules.

— Plein de billets de 50 $, je te l'ai déjà dit !

— La police n'a pas retrouvé de sac dans la ruelle. Il est probable que le meurtrier de Sophie est parti avec.

— Pourquoi ?

— Pour l'argent, probablement. À moins que ce soit pour autre chose…

— Comme quoi ?

— Je sais pas, moi. Un papier, une photo, n'importe quoi…

— Quelque chose d'assez important pour tuer Sophie ? demande Mélanie.

— Peut-être bien…

La jeune fille tente d'éviter de revivre dans sa tête la scène pénible de la ruelle.

— Je me souviens qu'après avoir reçu cet appel au Dragon Pearl, Sophie est devenue très nerveuse. Elle regardait partout autour d'elle, comme si quelqu'un la surveillait…

— Est-ce que quelque chose t'a frappée ?

Mélanie hoche la tête.

– Comme je viens de te le dire, Sophie avait plein d'argent sur elle.

Pendant qu'il parle à sa nièce, Dubuc est assis dos à la grande fenêtre ensoleillée du salon, en ce milieu d'après-midi. Il ne cesse d'agiter la main devant son visage, comme s'il chassait une mouche imaginaire. Mélanie s'aperçoit qu'il est légèrement incommodé par un éclat lumineux provenant de son poignet à elle.

– Le reflet de ta montre m'aveugle ! lance Dubuc.

– C'est pas ma montre, c'est la bague que Sophie m'a donnée !

12

— La bague de Sophie ? demande Dubuc.

— Oui, elle l'a sortie au restaurant, pendant qu'on jasait, en disant que c'était un petit cadeau en souvenir d'elle.

Dubuc rugit :

— Mais tu viens de me dire que Sophie avait seulement sorti de l'argent de son sac à main rouge ! La bague aussi, alors ? T'aurais dû en parler avant !

— Ben là ! C'était juste un cadeau personnel. L'anneau de la bague est un peu grand, alors je la mets pas tous les jours.

Elle l'enlève du majeur de sa main droite pour la remettre à son oncle, de plus en plus intrigué.

Le détective prend le bijou serti sur un anneau doré et s'approche de la fenêtre pour l'observer à la lumière. Il retourne la bague dans tous les sens. La pierre bleue aux nombreuses facettes a la taille d'un gros pois. Selon l'angle des rayons qui la frappent, elle varie du bleu pâle au bleu foncé. Dans l'éclat du soleil d'après-midi, le bijou semble briller de mille feux dans la pièce.

— Je ne m'y connais pas beaucoup, ma pitchounette, mais le diamant doit valoir assez cher. Tu disais que Sophie a sorti cette bague de son petit sac à main pour te la donner?

– Pourquoi cette question?

– Tu n'as pas eu l'impression que c'était peut-être une « prémonition »? Qu'elle était pressée de te donner cette bague justement parce qu'elle sentait que quelque chose de grave allait lui arriver?

– Dans ma tête, c'était juste ma meilleure amie qui me faisait un cadeau parce qu'elle ne m'avait pas vue depuis huit mois!

– Ce bijou est un élément important de l'enquête en cours. On doit le remettre à la police.

– Pas question! lance Mélanie en lui enlevant brusquement l'objet des mains. Sophie était ma meilleure amie et c'est le seul souvenir qui me reste d'elle! D'ailleurs, ce n'est pas cette bague qui va la ramener en vie, n'est-ce pas, oncle Roméo!

Devant autant de détermination, Dubuc décide de battre en retraite.

– Bon, bon, garde la bague en souvenir si tu veux. Mais on va quand même la montrer au détective Blanchette à la première occasion...

* *

*

Pour se changer les idées ce soir-là, Dubuc et Mélanie se rendent au Athena's Temple de la rue Broadview, une petite salle de spectacle très courue et non loin de leur appartement. L'endroit est très animé, surtout en ce vendredi soir. Sur la petite scène au fond de la salle, un musicien en costume national se prépare à jouer le bouzouki, l'instrument à cordes de la Grèce qui ressemble à un luth à long manche.

Le cellulaire de Dubuc sonne. Le détective Blanchette est à leur appartement. Il semble agité. Dubuc l'invite à venir les rejoindre. L'autre arrive dix minutes plus tard et s'assoit à leur table.

— Roméo, j'ai pensé que t'aimerais le savoir. J'ai vérifié le dossier de Gloria Carpetti, cette fille qui a disparu de chez madame Krikri, il y a six mois.

— Et alors ?

— D'après les informations qu'on a obtenues, *elle aussi travaillait pour Johnny Simard* au moment de sa disparition ! Les enquêteurs n'ont pas encore déterminé si elle s'adonnait à la prostitution ou à une autre activité pour lui.

— Elle aussi ? s'exclame Dubuc. Bout de chandelle, ça commence à peser lourd dans la balance pour ce type ! Quand tu l'as interrogé l'autre jour, as-tu appris quelque chose ?

— Pas vraiment. Simard était entouré de sa gang de fanfarons, ça fait que j'ai pas traîné dans les parages trop longtemps, je te l'ai déjà dit, Roméo. La seule façon de le coincer serait de l'accuser de quelque chose pour l'amener au poste et l'interroger sur ce qui nous intéresse. On risquerait peut-être d'apprendre du nouveau...

— C'est possible ?

— *I guess* que oui, mais on n'a pas grand-chose de solide sur Johnny Simard. D'ailleurs, le gars a engagé les meilleurs avocats de Toronto ! On l'a déjà questionné sur un trafic d'armes de contrebande, mais dès qu'on a posé la première question, son avocat nous a dit d'arrêter de *gosser*. Il a deviné qu'on n'avait rien de vraiment concret sur lui et l'a fait libérer en 15 secondes et quart ! Simard est reparti la gueule fendue jusqu'aux oreilles ! C'est pas pour rien qu'on l'a surnommé « Johnny Téflon ».

— Téflon ? demande Dubuc.

— Oui. Comme la fameuse poêle antiadhésive. Y'a jamais aucune accusation qui a collé sur Johnny !

Au moment où Blanchette se lève pour partir, Dubuc saisit la main de sa nièce pour montrer la bague.

— Écoute Dave, je l'ai appris juste aujourd'hui, mais Sophie a donné ça à Mélanie au restaurant.

L'adolescente enlève le bijou de son doigt pour le tendre au détective, qui l'examine avec attention.

Après quelques secondes, son visage prend une expression très contrariée.

— *What the hell !* Le signe du Caméléon !

— Qu'est-ce que tu chantes-là ? demande Dubuc.

Blanchette indique au policier et à Mélanie qu'il est temps de partir.

— Pas ici, c'est trop risqué. Allons à l'appartement...

* *

*

Tous trois s'installent autour de la petite table de cuisine avec un bon café fort.

Dubuc reprend la discussion.

— Dave, moi aussi j'ai examiné cette bague à la lumière du jour cet après-midi. C'est un diamant bleu qui doit valoir cher, j'en suis certain, mais je n'ai rien vu de spécial...

— Tu ne pouvais pas le savoir, Roméo, mais cette bague porte le signe du Caméléon ! Regarde ici...

Blanchette reprend la bague et pose le bout de son index sur le côté de l'anneau en or. Les deux autres se sont levés pour se rapprocher.

– Regardez la petite lettre « c » gravée de chaque côté de l'anneau ? C'est le signe du Caméléon !

Dubuc plisse les yeux.

– Bout de chandelle ! Ça prend presque un microscope pour le voir. Et puis, c'est quoi, ton histoire de « Caméléon » ?

Blanchette prend une grande respiration avant d'expliquer :

– Écoutez, la police de Toronto sait qu'il existe depuis des années une petite organisation criminelle spécialisée dans le recrutement de jeunes filles pour des réseaux de prostitution.

– La mafia chinoise ? La mafia italienne ? Les motards criminels ? demande Dubuc.

– J'ai dit « petite organisation », Roméo. Ce groupe-là, on en entend jamais parler, ni dans les journaux ni ailleurs. L'organisation n'a même pas de nom officiel. Elle opère « en dessous du radar de police », comme on dit, complètement *underground*. Tout ce qu'on sait, c'est que leur chef a été surnommé le Caméléon.

– Pourquoi ? demande Dubuc.

– Parce qu'il a des yeux « tout le tour de la tête » pour voir venir le danger. Et comme un caméléon, il prend la couleur de son environnement, c'est-à-dire qu'il devient invisible lorsque la police s'en approche trop près. Et aussi, comme un caméléon, il mène une vie plutôt discrète…

Dubuc est abasourdi par cette révélation.

– En fait, poursuit Blanchette, on connaît son *modus operandi*, sa façon de procéder : il s'entoure de quelques « fournisseurs indépendants » très proches et très fidèles depuis des années. Ils travaillent parfois seuls, parfois avec d'autres et trouvent des filles pour le Caméléon, qui les revend ensuite aux réseaux de prostitution. Ces fournisseurs sans scrupules recrutent souvent des filles de 16 ou 17 ans sur Internet et Facebook. Parfois, ils deviennent leurs *boyfriends*, ils les invitent à Toronto pour une fin de semaine en amoureux, et c'est là que tout commence. Au début, les filles sont traitées comme des princesses, elles se doutent de rien. Mais peu à peu, les recruteurs du Caméléon utilisent la violence et la drogue pour les contrôler et les forcer à se prostituer. C'est un cercle infernal qui se referme peu à peu sur ces filles-là. Tu sais, j'avais pas fait le rapport au début, mais le tatouage rouge sur le bras de Sophie me dit qu'elle avait probablement des liens avec cette organisation criminelle-là.

— Et le Caméléon lui-même ? demande Dubuc.

— On sait qu'il fait de la *business* avec les mafias chinoise et italienne de Toronto, les gangs de motards criminalisés, et même certains pays étrangers, mais toujours par un intermédiaire, jamais directement.

Dubuc ajoute :

— Évidemment, puisque personne ne fait « officiellement » partie de cette petite organisation anonyme, difficile pour la police d'arrêter qui que ce soit et de démanteler ce réseau, n'est-ce pas ?

Dave Blanchette confirme.

— Mais comment sais-tu que le symbole « c » gravé de chaque côté de l'anneau est bien celui du Caméléon ? demande Dubuc, de plus en plus intrigué.

— Ça ne fait pas longtemps qu'on le sait. L'année passée, la police a réussi à capturer l'un des fournisseurs du Caméléon. Dans le cadre d'une opération *underground*, une policière de 22 ans s'était fait passer pour une fille de 17 ans. On a arrêté le gars. Ce criminel-là a fait un *deal* avec la police : il était prêt à tout raconter en échange d'une peine de prison réduite. Malheureusement, il s'est fait poignarder à mort deux jours plus tard dans sa cellule. Son meurtrier avait gravé au couteau la lettre « c » sur sa poitrine, et lui avait enfoncé une guenille au fond de la gorge ! Pas besoin de te dire que, depuis ce temps-là, les fournisseurs de filles du Caméléon ont compris le message et se ferment la trappe !

— Étant donné que Sophie a probablement volé cette bague, le Caméléon veut donc la récupérer, dit Dubuc.

— Je suis d'accord avec toi, Roméo, ce diamant bleu doit valoir assez cher. Alors, je me demande bien pourquoi Sophie l'a donné à ta nièce au restaurant ?

*　*
*

Le lundi matin, Dubuc voit Mélanie sortir de sa chambre en bâillant de sommeil. Il est presque 10 heures.

— Pas de cours aujourd'hui ?

— Pas ce matin. C'est tant mieux, parce que j'ai pas fermé l'œil de la nuit.

— C'est la disparition de ton beau Francis Francœur qui t'inquiète, c'est ça ?

— Ben là ! On n'a pas de nouvelles de lui depuis presque une semaine, oncle Roméo !

— Je n'insinue rien, mais Francis t'a bien caché qu'il était sorti avec ta meilleure amie Sophie.

Alors, il y a peut-être autre chose que tu ignores à son sujet...

Mélanie relève subitement la tête.

— Je devrais peut-être y aller au Bikini Club ! Si je me faisais engager comme serveuse, j'aurais l'occasion de fouiner partout et d'apprendre ce qui est arrivé à Sophie, et peut-être même à Francis. Qu'en dis-tu, oncle Roméo ?

L'air furieux de Dubuc lui répond.

— Bout de chandelle, mais as-tu perdu les pédales, Mélanie ? Je te le dis et je te le répète : pas question que tu mettes les pieds à cet endroit, tu m'entends ! Le Bikini Club est le repaire de la mafia torontoise, c'est super dangereux !

— Mais tu comprends rien ! Je veux savoir ce qui est arrivé à Sophie !

Dubuc adoucit le ton.

— Écoute, laisse donc la police de Toronto faire son travail. Les enquêteurs sont en train de monter un dossier d'enquête et tu auras éventuellement des réponses sur la mort de Sophie. Entre-temps, promets-moi de ne pas faire de conneries, d'accord, ma pitchounette...

Pour toute réaction, l'adolescente a sorti son cellulaire pour vérifier ses messages sur Facebook. Dubuc décide d'aller prendre l'air.

*   *
*

— Vous sortez, monsieur Dubuc ? demande Mme Krikri.

— Eh oui, j'ai le goût de me changer les idées, cet après-midi. Peut-être aussi de me payer une visite touristique de Toronto en autobus.

Dans la rue, des airs de chansonnette italienne parviennent à ses oreilles et le policier repère le taxi d'Elvis Bianco. Dès que le chauffeur l'aperçoit, il avance sa voiture dans sa direction.

– *Buongiorno Signore* Dubuc ! Où allez-vous ? Montez !

Sur son ordinateur portable, Elvis suit à la minute près les résultats de son équipe de football professionnel.

– Je viens de Turin et j'ai grandi avec le Torino, explique-t-il. Voulez-vous boire quelque chose, *Signore* Dubuc ? J'ai un mini-frigidaire dans la valise, et même un petit verre de *grappa* si le cœur vous en dit ! fait-il, avec un clin d'œil complice.

– Trouve-moi un kiosque touristique et baisse un peu la musique ! ordonne Dubuc. On se croirait dans un poulailler ici !

Elvis s'exécute immédiatement en s'excusant.

– *Mi scusi, Signore* Dubuc !

Elvis manœuvre habilement à travers les ruelles de la ville pour éviter les embouteillages.

Une demi-heure plus tard, le chauffeur dépose Dubuc près d'un kiosque touristique du centre-ville. Le policier sort l'argent de ses poches pour payer sa course, mais l'autre agite vigoureusement les mains.

– Pas question, *Signore* Dubuc ! Je vous l'ai dit : vous m'avez sauvé la vie l'autre jour. Sans vous, je serais un homme mort !

13

« Juste devant nous, mesdames et messieurs, vous pouvez apercevoir le Casa Loma dans toute sa splendeur. C'est un célèbre château qui a été construit à Toronto au début des années 1900. À l'époque, cette résidence de 98 pièces possédait aussi 30 salles de bain et... »

Roméo Dubuc écoute avec intérêt la guide touristique d'origine marocaine continuer sa présentation en français. Assis sur le toit de l'autobus rouge en compagnie d'une quinzaine d'autres visiteurs de la Ville Reine, par un soleil radieux et une brise légère, le policier savoure le rare plaisir d'oublier la véritable raison de sa présence à Toronto : en ce lundi après-midi, il se plaît tout simplement à visiter la ville...

— Salut, Roméo, tu fais le touriste aujourd'hui ?

Le principal interpellé penche la tête vers le trottoir et reconnaît le détective Blanchette, qui gesticule pour le faire descendre. Dubuc obtempère.

— C'est plutôt pour me changer les idées, Dave. Mais comment as-tu fait pour repérer ma face parmi trois millions d'habitants ?

— Facile. En sortant ce midi, tu as dit à ta logeuse que tu allais peut-être visiter Toronto en autobus.

     Cadavres à la sauce chinoise

Puisque tu parles anglais comme une vache espagnole, j'ai deviné que tu choisirais un *tour* guidé en français. Ensuite, il suffisait de retrouver le seul autobus avec un guide francophone cet après-midi. Ça prend pas la tête à Papineau !

— Génial, Dave ! Tu devrais être détective !

Les deux hommes rient quelques instants. Puis, Blanchette passe aux choses sérieuses.

— Écoute, j'ai appris ce matin que Patty Morris est une ancienne danseuse du Bikini Club. À une certaine époque, elle s'occupait même des autres filles de l'établissement.

— Est-ce qu'elle est encore en contact avec Simard ?

— On ne sait pas. Mais il y a environ cinq ans, elle a complètement changé de vie.

— Patty pourrait quand même continuer à travailler pour Johnny Simard sans attirer l'attention, non ? demande Dubuc.

— Difficile à dire, mais j'aimerais savoir si elle est encore en contact avec lui. Est-ce qu'elle a définitivement viré son capot de bord pour mener la vie bourgeoise de femme d'avocat réputé ? Ou est-ce qu'elle a conservé, au fond d'elle-même, ce p'tit goût de vivre dangereusement ? Je lui ai dit que j'avais des questions à lui poser sur son ancienne vie. On va voir si elle accepte d'en parler.

— Bout de chandelle, j'en ai assez entendu sur ce Johnny Simard ! Il est plus que temps que je lui fasse une petite visite surprise à celui-là !

*   *

*

En revenant à l'appartement en milieu d'après-midi, Dubuc a un vif sursaut : Francis Francœur est installé seul devant le téléviseur et regarde un match de soccer européen en mangeant des grignotines et en buvant de la bière.

— Qu'est-ce que tu fais ici ?

L'adolescent pousse un rot sonore en apercevant le policier.

— Yo, salut Roméo ! Viens t'asseoir, j'ai des chips à la poutine et bacon. C'est bon, genre, écœuraaaaant ! La *game* est 3-1 pour le FC Barcelone, ça brasse !

Pour toute réponse, Dubuc s'empare de la télécommande du téléviseur pour l'éteindre. Puis, il se plante debout, les bras croisés, devant Francis. Face à ce poids lourd, le jeune homme voit que l'autre n'entend pas à rire.

— Faut se parler, Francis ! Tu disparais comme un gars pourchassé par l'impôt, puis sans prévenir, hop ! tu réapparais une semaine plus tard, comme un lapin sorti d'un chapeau de magicien ! Bout de chandelle, veux-tu bien me dire où tu étais passé entre-temps ?

— Moi ? Pas compliqué, Roméo. Je suis retourné à Montréal au plus sacrant ! Mon paternel avait une Camaro flambant neuve à livrer à un client. J'ai été virer jusqu'à Chicoutimi, imagine ! Ensuite, je suis revenu à Toronto, genre, juste à midi aujourd'hui.

Dubuc reste planté devant le jeune homme comme le rocher de Gibraltar. Son collègue Lucien Langlois lui a révélé que Francis avait l'habitude de prendre une automobile dans la cour du garage de son père pour disparaître pendant trois ou quatre jours, sans que l'on connaisse ses allées et venues.

   Cadavres à la sauce chinoise

— Je peux vérifier ça comment ? dit-il, en sortant son carnet de notes.

— Tu peux appeler mon père au garage Francœur. Le numéro est le…

Dubuc remet son carnet dans sa poche. Il sait très bien que le père de Francis va confirmer les dires de son fils. Il vient s'asseoir tout près du jeune homme, qui devine que le détective va serrer l'interrogatoire d'un cran. Dubuc dit, d'une voix presque douce :

— Pourquoi t'as caché à Mélanie que tu avais été le *chum* de Sophie ?

— Hein ? J'ai pas été le…

— Francis, arrête tes menteries !

— O.K., O.K. J'ai été *steady* avec Sophie, mais juste une couple de mois. On est tombés en amour, genre, sur un coup de tête. C'était pas prévu ! Sophie savait que Mélanie avait un p'tit *kick* sur moi, pis elle ne voulait pas lui faire de peine, alors on a préféré garder ça ultrasecret…

Dubuc poursuit son interrogatoire.

— Et là, maintenant, tu es revenu à Toronto pour Mélanie ?

Francis Francœur hésite. Quinze secondes. Trente secondes…

Dubuc a sa réponse. Il se lève et pointe du doigt la porte de l'appartement.

— Ramasse tes bébelles pis retourne à Montréal au plus sacrant, mon garçon. Si tu restes ici, tu vas continuer de faire de la peine à ma nièce. Il est temps que tu disparaisses de sa vie. Au fait, elle est passée où, Mélanie ? demande le policier, en regardant autour de lui dans l'appartement.

Francis se lève et prend ses affaires.

– Elle m'a envoyé un texto hier. Apparemment qu'elle voulait s'engager comme serveuse au Bikini Club pour savoir, genre, ce qui était arrivé à Sophie....

– Comme serveuse au... ?

Dubuc est furieux. Furieux !

– Mais t'aurais pu l'empêcher, mon garçon !

Francis prend une gorgée de bière et détourne la tête. Soudain, il pousse un cri qui fait sursauter Dubuc.

Le FC Barcelone vient de marquer un but...

* *
*

Vers 21 heures, lundi soir, le taxi d'Elvis Bianco dépose discrètement Dubuc près du Bikini Club. Le détective remarque la Ferrari rouge de Johnny Simard près de la porte arrière de l'établissement et continue de marcher vers l'entrée principale. Si Mélanie est venue s'engager ici pour être serveuse, comme le prétend Francis, il ne repartira pas sans elle, même s'il doit remuer ciel et terre !

Deux gorilles imposants gardent la porte, des hommes de main de Simard. Il se rend directement au bar. Une femme plutôt âgée, à la voix rauque de fumeuse et coiffée d'une perruque blonde à la Marilyn Monroe, lui fait un sourire édenté.

– Tu veux boire de quoi, mon beau chéri ?

– Je veux voir ton patron.

– C'est quoi ton nom ?

– Roméo Dubuc.

– O.K., d'abord. Attends-moi icitte, correct mon beau chéri ?

Après avoir patienté une vingtaine de minutes, Dubuc se rend à son tour au fond du club, jusqu'à la porte surmontée de la pancarte *Administration – No admission*, qui mène au deuxième étage. Il ouvre, mais avant qu'il n'ait mis le pied sur la première marche, il sent une main puissante comme un étau lui serrer l'épaule.

Dubuc se retourne. Trois énormes gardes du corps de Johnny Simard l'entourent. L'œil entraîné du policier ne peut rater le « poing américain » que porte l'un d'eux, une arme prohibée au Canada. Cette pièce de métal dans laquelle il a passé les doigts lui permet de frapper un adversaire assez fort pour lui briser tous les os du corps, sans se blesser. Un autre est chaussé de bottes de cowboy dont l'extrémité se termine par une lame de couteau en acier ! Constatant qu'il n'a aucune chance, Dubuc lève les bras en signe d'abandon.

– O.K. O.K., les gars... je cherchais juste les toilettes ! J'ai dû me tromper de porte, *sorry guys !*

Il fait demi-tour et gagne docilement la sortie, sous le regard attentif des trois gardes du corps. Une fois dehors et se sachant hors de portée des caméras de sécurité, Dubuc ramasse une grosse roche. Il s'approche discrètement d'une voiture garée au fond du stationnement.

La Ferrari rouge à 300 000 $ de Johnny Simard...

L'instant d'après, le système d'alarme de la voiture retentit. Cinq ou six videurs de club s'amènent en courant, suivis de Simard. Le pare-brise de la Ferrari a éclaté en mille morceaux.

Le propriétaire du Bikini Club est fou de rage. Fou de rage. Il serre les poings !

– Si jamais je retrouve l'enfant de chienne qui a fait ça, je lui arrache les deux yeux avec mes doigts, c'est juré ! *No mercy !*

Il se retourne vers ses hommes.

– Pis vous autres, restez pas plantés là comme des statues de plâtre ! Trouvez-moi le coupable, pis amenez-moi-le au bureau, il ne doit pas être loin !

Ses hommes s'exécutent et repartent dans toutes les directions à la fois.

*   *

*

Johnny Simard revient seul au Bikini Club, se rend au bar et se verse un double whisky. Il est furieux. Furieux ! Puis, il monte l'escalier menant à son bureau. En entrant, il s'arrête net : dans l'obscurité, il distingue la silhouette d'un étranger confortablement assis dans sa chaise, les pieds sur son bureau en plus !

– Salut Johnny, ça te prendrait un meilleur coussin. Tu dois avoir mal au dos à la longue…

Déjà enragé par les dommages causés à sa Ferrari, Simard allonge le bras et saisit un bâton de baseball près de la porte. Il s'approche de Dubuc en ricanant méchamment.

– Je ne te connais pas, mon gros bonhomme, mais quand je vais t'avoir réglé ton cas, tu vas marcher croche pendant longtemps !

– Calme-toi, *Johnny Boy*. Je m'appelle Roméo Dubuc. Je suis certain qu'un gars comme toi est toujours très précautionneux. Prends ton tiroir de bureau, par exemple. Supposons qu'en l'ouvrant je trouve par hasard… un revolver .38… chargé ! On utilisait le même modèle il y a des années à la

   Cadavres à la sauce chinoise

Sûreté du Québec ! J'étais bon tireur à l'époque, tu veux voir ?

Dubuc sort le revolver et le pointe en direction de Johnny Simard, qui lâche immédiatement son bâton. Dubuc, lui, a durci le ton.

– Ferme la porte derrière toi, Johnny. Avance et viens t'asseoir !

Le propriétaire du Bikini Club obéit. Les fenêtres du bureau sont décorées de lourdes tentures qui maintiennent la pièce dans une demi-pénombre permanente. Malgré tout, Dubuc peut confirmer l'aspect répulsif de Johnny Simard dont lui avait parlé le détective Blanchette : les tatouages de caméléons et de dragons rouges semblables à ceux de Sophie, le *body piercing*, les yeux de loup, une odeur animale...

– Désolé pour ta Ferrari, *Johnny Boy*, mais j'avais des questions à te poser et tes hommes se préparaient à me sacrer une volée, alors j'ai dû improviser. Parle-moi de Sophie Létourneau...

– Sophie qui ?

Pour toute réponse, Dubuc enlève le cran d'arrêt du calibre .38, qui émet un léger déclic...

– Aie ! aie ! Fais pas le cave, Dubuc ! O.K. O.K. Sophie travaillait pour moé, mais surtout pour « escorter » mes partenaires en *business* dans les grosses soirées, si tu vois ce que je veux dire...

– En d'autres mots, elle était une « pute » pour tes clients, c'est ça ?

– Sophie pouvait pas se plaindre, elle gagnait *full* de *cash* !

– C'est quand tu as voulu vendre Sophie au réseau du Caméléon que les choses ont commencé à tourner mal, c'est ça ?

— Le Caméléon ? C'est quoi ça, jamais entendu parler ! Pourquoi j'aurais laissé partir Sophie ? Elle avait été ma blonde, mais c'était aussi la meilleure dans la *business*. Tous mes clients les plus payants, surtout les Chinois, ils demandaient toujours Sophie ! Sophie !

— Mais quand elle a voulu te quitter, tu as préféré la tuer, c'est ça ?

Johnny Simard hésite. Dubuc s'approche et lui colle le revolver sur la tempe pour le convaincre de continuer à parler.

— À l'autopsie, on a noté des ecchymoses sur sa cage thoracique. C'est un vieux truc : utiliser un gros annuaire du téléphone pour frapper quelqu'un sans lui briser les côtes. Sophie voulait te quitter, c'est ça ?

Johnny Simard baisse la tête.

— La vérité, Dubuc, c'est que j'étais même pas à Toronto quand Sophie est morte ! Mon gérant venait de démissionner de mon autre *night-club* à Vancouver et j'ai dû passer trois jours là-bas cette semaine-là pour le remplacer. Si tu me crois pas, mon billet d'Air Canada doit traîner dans un des tiroirs du bureau !

Sans quitter Simard des yeux, le policier fait claquer quelques tiroirs, aperçoit le billet et y jette un coup d'œil rapide qui confirme les dires du propriétaire du Bikini Club.

— Autre chose, *Johnny Boy*. Il est possible qu'une jeune fille, une certaine Mélanie, soit venue pour s'engager comme serveuse à ton club, hier ou aujourd'hui. Ça te dit quelque chose ?

— Mélanie ? Ouais, ouais, la fille est justement venue à matin. Je lui ai dit qu'on la rappellerait

   Cadavres à la sauce chinoise

peut-être. Elle est encore jeune, mais elle a des belles petites fesses rondes pis…

Incapable d'entendre un mot de plus, Dubuc bondit et assène un violent coup de crosse de revolver sur le crâne de Johnny Simard, qui s'écroule inconscient sur le tapis du bureau. Le policier en profite pour filer à l'anglaise par la porte arrière du Bikini Club.

14

Le lendemain matin, Dubuc se lève tôt. À vrai dire, il n'a pas dormi de la nuit. Les révélations de Johnny Simard sont troublantes. Le policier sait maintenant que le propriétaire du Bikini Club utilisait Sophie comme prostituée pour ses propres clients. Mais Johnny voulait-il aussi la « vendre » au réseau du Caméléon ? Et Sophie a-t-elle vu, ou entendu, quelque chose qui aurait mis sa vie en danger ?

Mélanie surgit dans la cuisine et se verse un café fort.

— Comme ça, ma pitchounette, tu te cherches une job au Bikini Club ? demande-t-il, sur un ton rempli d'insinuations.

— Ben non, c'était juste un prétexte pour me renseigner sur Sophie. Mais ça n'a pas fonctionné. On dirait que tout le monde a peur du *boss* !

Le policier se lève subitement.

— Veux-tu venir dans le Chinatown ce matin ? Johnny Simard m'a dit que Sophie y avait fréquenté des hommes d'affaires. Peut-être qu'on trouvera quelqu'un qui l'a connue et qui acceptera de nous en parler. En tout cas, c'est la seule piste que je possède. Apporte aussi ta photo de Sophie...

 Cadavres à la sauce chinoise

Dès leur sortie de l'appartement, le chauffeur Elvis Bianco avance son véhicule et leur ouvre la porte du côté passager avec entrain. Dubuc fait monter Mélanie et s'installe à l'avant près du chauffeur, qu'il regarde soudain avec méfiance...

— Elvis, ton taxi est stationné devant la bâtisse presque chaque fois que je regarde dehors. Nous espionnes-tu ?

Elvis Bianco fait un large sourire.

— C'est un bon endroit pour la *business*, *Signore* Dubuc !

Le policier observe les alentours : dans le secteur de Mme Krikri, il n'y a ni magasins, ni épiceries, ni services en général. La rue est plutôt déserte, bordée seulement de quelques autres immeubles à logements comme le sien. L'explication d'Elvis ne tient pas la route. Dubuc le toise.

— Difficile à croire, mon ami...

Le chauffeur transpire abondamment, même s'il n'est pas encore 10 heures du matin. De son bras droit, Elvis tente discrètement d'ouvrir le compartiment de rangement entre les deux sièges. Dubuc se raidit. Cherche-t-il une arme ? Heureusement, le chauffeur prend un mouchoir pour s'éponger le front.

— Ah, ce n'est pas facile pour moi d'en parler, *Signore* Dubuc, parce que je suis *Macho Italiano* ! Mais pour moi, c'est une question de gratitude et d'honneur entre gentlemen. L'autre jour, vous m'avez sauvé quand j'ai été attaqué au couteau. Alors maintenant, vous avez toute ma reconnaissance. N'importe quand, si je ne suis pas devant l'immeuble de madame Krikri, téléphonez et je viendrai *subito presto* !

Une demi-heure plus tard, les rues du quartier grec ont fait place à la cohue et au brouhaha de la rue Spadina, où l'achalandage du jeudi matin est tel que l'on circule autant sur le trottoir que dans la rue. La plupart des commerçants ont sorti leurs étals sur le trottoir. Pour tout visiteur, la rue Spadina et ses abords représentent un véritable spectacle visuel, olfactif et sonore : des banderoles multicolores claquent au vent partout, la musique chinoise, le brouhaha de la rue, l'odeur des épices et des mets asiatiques...

— Vous cherchez un bon p'tit restaurant ? demande Elvis. Parce que ma cousine Alessandra et...

— Non, répond Dubuc, plutôt des boutiques qui vendent des bébelles bon marché, des souvenirs typiquement chinois, des trucs pour les touristes.

Elvis donne un brusque coup de volant et son taxi se retrouve rue Dundas.

— Allons par ici, *Signore* Dubuc, vous allez en trouver plusieurs.

Le compteur du taxi indique 17,35 $. Dubuc tend un billet de 20 $ à Elvis, qui refuse carrément d'être payé, encore une fois.

* *

*

— Entrons là ! propose Mélanie, en apercevant quelques bijoux dans une vitrine colorée.

Dès qu'elle pousse la porte de la boutique Golden Asia, un son de clochette résonne en écho dans le magasin. Les deux visiteurs respirent instantanément une odeur d'encens. Le local est étroit, mais plutôt profond. Tout autour d'eux, s'alignent des étalages de pacotille : des statuettes du bouddha, des photos encadrées de paysages chinois et toute une section consacrée aux herbes et aux épices capables de tonifier et de fortifier le corps, voire de guérir les maladies. Derrière le comptoir sombre au fond du magasin, un jeune Asiatique dans la vingtaine interrompt sa lecture de *Sing Tao*, le quotidien en langue chinoise de Toronto, pour les saluer en anglais, d'un air jovial.

— Bonjour, je m'appelle Billy, à votre service. C'est votre première visite à Toronto, mademoiselle ? Voulez-vous acheter de la poudre de fleur de Mongolie qui vous donnera la jeunesse éternelle ?

Mélanie éclate de rire. Amusé, le garçon pointe Dubuc du doigt.

— Et votre grand-papa-là, on pourrait lui vendre de la poudre de dents de tigre. S'il en verse tous les matins dans son café, il retrouvera sa virilité de jeune homme !

Cette fois, Mélanie est prise d'un fou rire incontrôlable. Incapable de suivre la conversation en anglais, Dubuc sait qu'on parle de lui et exige des explications, mais sa nièce rigole trop pour obtempérer. Une fois ressaisie, Mélanie sort la photo de Sophie pour la monter au jeune commis.

— Vous l'avez déjà vue ici ? demande-t-elle, en pointant Sophie du doigt.

Pendant que Billy examine le cliché, Dubuc reste un peu en retrait. Il devine qu'ils ne sont pas seuls dans cette boutique. À environ un mètre de l'employé, le policier a vu un rideau bouger et dans le miroir derrière Billy, il aperçoit le reflet d'un visage masculin aux traits asiatiques et aux cheveux blonds, marqué d'une vilaine cicatrice.

— Désolé, mais cette photo ne me dit rien, répond le garçon.

La déception de Mélanie se lit sur sa figure.

— Vous êtes certain ?

Billy jette un coup d'œil à nouveau.

— Votre amie est une jolie fille, mais il vient beaucoup de monde dans la boutique, vous savez. Des centaines de touristes chaque semaine ! On ne peut pas se rappeler tout le monde…

Mélanie comprend, mais la larme à l'œil.

— Sophie était ma meilleure amie. Elle a récemment été tuée dans une ruelle. Mon oncle Roméo et moi, on essaie de savoir pourquoi…

— Écoutez, laissez-moi regarder la photo avec une loupe, j'aurai peut-être plus de chance !

Billy va derrière le rideau et revient quelques minutes plus tard.

— Non, je suis vraiment désolé, mademoiselle, dit-il, en lui remettant le portrait.

Mais Mélanie n'écoute déjà plus. Déçue, elle se dirige vers la porte avec Dubuc. Billy l'interpelle.

— Hé, mademoiselle, vous avez échappé quelque chose sur le tapis !

Mélanie aperçoit un bout de papier blanc derrière elle.

— Non, ce n'est pas à moi…

Mais Billy insiste.

— Oui, oui, je l'ai vu tomber de votre poche !

Mélanie l'ignore et s'apprête à sortir, mais Dubuc a tout compris. Il ramasse en vitesse le bout de papier et entraîne sa nièce dehors. Sur le trottoir, tous deux lisent le message griffonné à toute vitesse en anglais :

À 22 heures ce soir,
derrière le Shanghai Palace.

Billy

* *
*

En attendant leur rencontre secrète de fin de soirée, Dubuc et Mélanie ont décidé de revenir à l'appartement pour le lunch. Peu après leur retour, on sonne à la porte. Dubuc va ouvrir et se retrouve devant un livreur de Pizza Nova qui lui tend une extra-large toute garnie.

— J'ai une faim de loup, mais tu fais erreur mon ami. Je n'ai rien commandé pour dîner.

Le livreur vérifie l'adresse.

— C'est bien ici patron, et c'est déjà payé...

Après son départ, Dubuc referme la porte. Mélanie est aussi estomaquée que lui.

Dix minutes plus tard, on sonne à nouveau. Cette fois, c'est un poulet barbecue complet et des frites.

— Laisse-moi deviner, mon garçon : c'est déjà payé, n'est-ce pas ?

Une fois le deuxième livreur parti, Dubuc va dans le corridor du rez-de-chaussée, met ses mains en porte-voix et lance à la ronde :

— O.K., Francis Francœur, tu peux sortir de ton trou !

Le jeune homme, dissimulé sous l'escalier, pointe timidement la tête.

— Euh, salut Roméo... c'est juste un petit cadeau, pour faire la paix !

Le garçon s'approche pour entrer, mais Dubuc bloque de sa forte carrure presque tout le cadre de porte. Il se penche vers Francis pour chuchoter, les dents vissées :

— Je croyais qu'on avait dit « Bye bye Toronto ! » pour toi, mon garçon ! Que tu rentrais à Montréal les pattes aux fesses ! As-tu les oreilles bouchées, ou quoi ?

Francis prend un air contrit et murmure :

— Je sais bien, Roméo, mais j'ai plein de *super feelings* pour Mélanie. Ça me fait capoter ben raide ! C'est comme si j'avais, genre, un tatou d'elle imprimé *dedans ma tête* ! Pis je sais qu'elle aussi pense à moi tout le temps. Ce serait super poche que notre affaire finisse en queue de poisson. Tu trouves pas, toi, Roméo ?

Mélanie se tient debout derrière son oncle. Elle a tout entendu. Elle sourit…

Il se retourne pour l'observer : ses joues sont rougeaudes, ses pupilles sont dilatées et sa respiration s'est accélérée. Aucun doute, les flèches de Cupidon l'ont frappée en plein cœur ! Mélanie Dubuc-Morin est sérieusement en amour avec Francis.

Résigné, Dubuc s'écarte de la porte pour laisser entrer le garçon…

*   *

*

Après avoir invoqué une fausse visite au poste de police pour écarter Francis, Dubuc et Mélanie parviennent à quelques coins de rue du Shanghai Palace, le lieu fixé pour la rencontre dans le Chinatown. Malgré l'heure avancée, les néons des restaurants sont allumés partout ; plein de clients et certains font même la file d'attente autour du bloc !

Ils marchent d'un pas rapide, changeant souvent de trottoir et de rue.

— Tu crois qu'on est suivis, oncle Roméo ?

— Pas de chance à prendre, ma fille !

Tous deux espèrent que Billy aura des informations sur le meurtre de Sophie. En traversant quelques ruelles, ils arrivent derrière le Shanghai Palace. Dubuc consulte sa montre, qui marquera bientôt 22 heures, le moment prévu de la rencontre.

— Bon. Reste ici. Je vais aller m'assurer que l'endroit est sécuritaire.

Pendant que Mélanie l'observe à distance, Dubuc – qui n'est pas armé – saisit un bout de tuyau en métal sur le sol et inspecte les alentours derrière le restaurant. Quelques conteneurs de sacs de poubelles dégageant une odeur nauséabonde sont alignés près de la sortie arrière. Mélanie regarde cette scène de loin, se rappelant soudain toute l'horreur d'avoir retrouvé Sophie assassinée dans un décor semblable !

Satisfait de son inspection, Dubuc revient vers sa nièce.

— Bon, il ne reste plus qu'à attendre que...

Le policier se retourne subitement. Billy est là.

— Bout de chandelle, mon garçon ! Si tu étais un assassin, on serait déjà morts ! Tu es aussi vif qu'un chat de gouttière !

Billy sourit.

— Mon surnom vietnamien est justement « le petit chat ».

— Mais tu parles français ! s'exclame Mélanie.

– J'ai grandi au Vietnam. Mon nom est Billy Nguyen. Mes parents parlaient aussi français et j'ai appris la langue avant d'immigrer ici.

– Alors, pourquoi n'avoir pas parlé avec nous dans la boutique ce matin ?

– Parce que mon patron nous observait derrière le rideau. C'est un homme dur, au cœur de pierre. S'il savait que je suis ici ce soir, il m'arriverait malheur ! Si vous voulez me contacter à nouveau, n'allez surtout pas à la boutique. Venez plutôt ici et demandez Orlando, c'est un copain à moi. Si vous commandez des « Nouilles Shanghai à la Billy », Orlando saura que vous voulez me voir.

– Tu as reconnu Sophie Létourneau, n'est-ce pas ? demande Dubuc. J'ai remarqué ton malaise ce matin quand Mélanie t'a montré sa photo.

– Je ne la connaissais pas personnellement, mais elle venait parfois à la boutique avec un homme qui faisait des affaires avec mon patron.

– Quel homme ? Quel genre d'affaires ?

– Je ne sais pas. Dès que mon patron voyait entrer Sophie dans la boutique, c'était comme un signal. Il sortait immédiatement par en arrière pour aller discuter avec cet homme dans sa voiture. Leurs rencontres duraient une demi-heure environ. Pendant ce temps, Sophie furetait dans la boutique, et parfois on jasait un peu, de tout et de rien. C'était une fille très gentille. Elle aimait bien acheter des petits souvenirs et essayer de dire quelques mots en mandarin...

Dubuc sent qu'il tient une faible piste...

– Est-ce que Sophie t'aurait fourni des informations intéressantes ?

 Cadavres à la sauce chinoise

– Pas vraiment. On parlait de choses très banales, comme la météo, les bons restaurants du Chinatown, etc.

– Est-ce que le Caméléon, ça te dit quelque chose ?

Billy ne sait pas.

Dubuc lui fait voir la bague au diamant bleu.

– Et ça, tu l'as déjà vu quelque part ?

Même réaction du jeune Asiatique.

Le policier devine que le garçon veut les aider, mais ressent beaucoup de crainte.

– Comment avez-vous eu cette bague ? L'avez-vous volée ?

– Non ! s'exclame Mélanie. C'est Sophie qui me l'a donnée au restaurant, quelques minutes avant de mourir dans la ruelle !

Des larmes envahissent les yeux de l'adolescente. Dubuc lui tend un mouchoir. Lorsqu'il se retourne, Billy Nguyen a disparu...

*　　*

*

Le mercredi midi, Dubuc fait bouillir des nouilles pour un spaghetti maison lorsque son cellulaire sonne. Dave Blanchette est à l'appareil.

– Roméo, j'ai du nouveau. Je pense que Patty Morris est prête à me parler de son ancienne vie au Bikini Club. Elle a hésité au début, mais elle semble maintenant vouloir tourner la page pour de bon. Patty est au courant des ennuis de Johnny Simard avec la police, et de ce qui s'est passé pour Sophie. Si jamais elle acceptait de collaborer, la police pourrait lui accorder une protection complète. Je l'ai *phonée* à matin, mais elle était sortie. Je suis tombé sur sa *nanny*.

— La bonne d'enfants, répète Dubuc. Comment elle s'appelle ?

— Elle a répondu : « Résidence des Morris, Sandra à l'appareil… »

— « Sandra » tu dis ? Bout de chandelle, Dave, il faut aller tout de suite chez Patty Morris ! Au plus sacrant, m'entends-tu ! Je saute dans un taxi et je te rejoins chez elle.

Dubuc est le premier arrivé sur les lieux. Il sonne à la porte de la somptueuse résidence. Aucune réponse, aucun bruit, aucun cri d'enfant. Il tourne la poignée de la porte. Verrouillée. Frustré, il s'apprête à donner un coup de coude dans une vitre pour la briser.

Dave Blanchette arrive sur les entrefaites, accompagné d'un agent de police. Après avoir écouté les explications de Dubuc, il demande à l'agent de forcer la porte. Dans le salon, les trois hommes aperçoivent le corps sans vie de Patty Morris sur le tapis. Le sang pourpre qui coule de sa gorge tranchée se répand rapidement sur la moquette blanche comme neige.

Blanchette s'accroupit près de la femme et lui tâte le cou.

— *Shit !* On arrive trop tard. Sa mort est récente, pas plus d'une heure…

Il regarde Dubuc.

— Comment t'as deviné qu'elle était en danger ?

— La bonne d'enfants, justement !

Dubuc sort un carnet de sa poche, qu'il feuillette rapidement.

— Écoute, je l'ai noté ici. La première fille s'appelait Anita, la deuxième Sue Helen et main-

   Cadavres à la sauce chinoise

tenant celle-ci, Sandra. Chaque fois qu'on est venus chez Patty Morris, *elle avait une nouvelle bonne!* Presque toutes les semaines! Patty nous a dit que c'était parce qu'elle et son mari avaient des critères d'embauche assez exigeants. Mais tu ne devines pas ce qui se passe vraiment, Dave?

— Quessé tu veux dire, mon homme?

— Moi, je suis convaincu que Patty Morris recrutait des filles pour le Caméléon. C'est la seule explication possible. Ce n'est probablement pas elle qui a tué Sophie, mais Patty devait être l'un des fournisseurs réguliers. Ces adolescentes-là commençaient par travailler chez elle comme bonnes d'enfants, avant d'être entraînées contre leur gré dans la prostitution. Patty était une porte d'entrée, c'est elle qui évaluait leur « potentiel », qui les sélectionnait. C'était facile, puisqu'il y a quelques années, elle faisait la même chose avec les filles du Bikini Club! Patty avait l'expérience nécessaire, c'est logique!

Dubuc peut lire l'incrédulité sur le visage de son collègue qui demande:

— Ça *fait pas de sens*, Roméo! Pourquoi le Caméléon se serait débarrassé de Patty, si justement elle lui fournissait des filles pour son réseau de prostitution?

— Parce qu'en acceptant de te parler de son ancienne vie au Bikini Club, Patty a signé son arrêt de mort, mon vieux! Elle a trahi son passé. Dans toute organisation criminelle comme la mafia ou celle du Caméléon, la règle absolue c'est l'*omerta*, la loi du silence. Comme tu dis, Patty voulait peut-être tout lâcher et demander la protection de la police. Mais puisqu'elle risquait de dévoiler des informations compromettantes, le Caméléon s'en est débarrassé. Si tu ne me crois toujours pas, regarde ce tatou, dit Dubuc, en soulevant le chandail de la victime jusqu'à l'épaule.

Dave Blanchette est pétrifié.

— Un caméléon rouge... comme sur le bras de Sophie !

— Exact. Le même camélé...

Dubuc s'interrompt soudain. Un bruit provient du placard près du salon. On dirait une respiration saccadée. Il met un doigt sur ses lèvres pour signifier aux deux autres de rester silencieux, puis fait signe à Blanchette de sortir son arme. Au signal, Dubuc ouvre brusquement la porte. Blanchette pointe son pistolet à l'intérieur du placard. Les policiers aperçoivent alors une jeune fille assise sur le plancher et recroquevillée sur elle-même. Elle sanglote bruyamment et semble très effrayée.

— Sandra ? demande Dubuc.

Âgée d'une vingtaine d'années, la fille hoche la tête. Elle est visiblement en état de choc et tremble comme une feuille en automne. Des larmes coulent sur ses joues et son chandail beige est taché de sang. Dubuc se précipite, l'aide à se relever et la serre contre lui pour la réconforter.

— Ma pauvre fille, viens t'asseoir dans la cuisine.

Le policier lui tend un verre d'eau.

Quelques minutes plus tard, assise à la table, elle explique que l'on a sonné à la porte en fin d'avant-midi. C'est Patty qui a répondu. Puis, la discussion a tourné à la violence. En entendant les cris d'un homme puis des hurlements de détresse, elle s'est cachée dans le placard, de peur d'être tuée elle aussi.

— Tu as vu le meurtrier de Patty ? demande Blanchette.

— Non, j'étais dans la cuisine.

— Et les enfants ?

— Ils sont à la maternelle aujourd'hui.

Dave Blanchette demande à l'agent de police de conduire la jeune femme au poste pour noter sa déposition. Entre-temps, la théorie de Dubuc le tracasse. Il secoue la tête et n'arrive pas à le croire...

— Aïe, Patty Morris menait une vie exemplaire ! Mariée à un riche avocat ! Une belle grosse cabane luxueuse ! Deux beaux enfants ! Veux-tu me dire pourquoi elle aurait recruté des filles pour un réseau de prostitution ? *I can't believe it!*

— Je te le répète, Dave ! Patty menait une vie bourgeoise en apparence idéale, mais ennuyeuse comme la pluie. Au fond d'elle-même, la vraie Patty Morris était restée une fille de clubs, de bandes de motards, l'ancienne blonde de Johnny Simard. Et elle n'a jamais perdu ce goût du risque, crois-moi !

Une fois dehors, les deux policiers s'arrêtent net. L'agent de police chargé d'accompagner Sandra au poste est étendu inconscient sur le sol. Ils se précipitent et constatent qu'il a été assommé. La jeune femme a pris la fuite.

— *Shit* de *shit* ! fait Dubuc, en se donnant une grande tape sur le front. Je suis le roi des imbéciles ! La tache de sang sur le chandail de Sandra ! Cette fille nous a raconté s'être cachée dans le placard quand l'homme qui parlait avec Patty est devenu violent. Alors, si elle n'a pas vu le meurtrier, ni le meurtre, comment peut-elle avoir du sang sur son chandail ?

Dave Blanchette n'a qu'une seule explication.

— Parce que c'est elle qui a assassiné Patty Morris! Me semblait aussi que cette Sandra n'avait pas la même voix au téléphone qu'à matin! Mais comment on va faire pour la retrouver maintenant?

— Le verre d'eau dans la cuisine! On peut relever les empreintes dessus…

— Excellent! approuve Blanchette.

— Mais où est passée la vraie Sandra? demande Dubuc.

15

À l'heure du lunch, le jeudi, Jim Wilson fait la file à la cafétéria de l'édifice des Services sociaux où il travaille, au centre-ville. Près de la caisse, il prend une soupe et un sandwich à la salade de poulet, avec un thé noir, qu'il place sur un plateau. Puis, il s'installe à une petite table au fond de la salle, près des toilettes, pour lire son *Toronto Sun* en paix, comme chaque midi. Quelqu'un s'approche :

— Je peux m'asseoir ?

La bouche pleine et le nez dans son journal, Jim Wilson allonge le bras à contrecœur pour indiquer à l'intrus de prendre place. Mais lorsqu'il relève la tête, il pousse un juron...

— Détective Blanchette ! Laissez-moi donc respirer un peu ! Je vous ai raconté tout ce que j'avais à vous dire l'autre jour. Vous voyez bien que je n'ai rien à cacher !

Dave Blanchette tente de garder son sérieux. Il aime bien quand les suspects sont de vrais paquets de nerfs comme Jim Wilson. Généralement, les types sur la défensive disent des choses qu'ils regrettent amèrement par la suite...

— Vous savez bien que je vous dérangerais jamais à l'heure du lunch si ce n'était pas important !

L'autre lance avec dépit son sandwich dans la poubelle tout près. L'arrivée du policier lui a carrément coupé l'appétit.

— Ah, je ne sais pas ce qui me retient d'appeler mon avocat !

— Faites-vous plaisir, monsieur Wilson ! À chacune de nos rencontres, vous menacez d'appeler votre avocat, mais vous ne le faites jamais. J'ai l'impression que vous ne dormez pas sur vos deux oreilles !

Le détective sort une grande enveloppe et étale quelques photos devant son suspect.

— Vous m'avez montré ces photos l'autre jour, dit Wilson d'un air dégoûté. Je vous ai déjà expliqué que ma voiture était stationnée près de l'immeuble parce que j'avais décidé, sur un coup de tête, d'aller fouiller l'appartement de Sophie pour récupérer des photos compromettantes avant que la police le fasse !

— C'est connu, monsieur Wilson. Aujourd'hui, j'ai d'autre chose pour vous…

Resté en retrait, le sergent Dubuc s'approche, sur un signe de Blanchette.

— Monsieur Wilson, quand vous avez vandalisé l'appartement de Sophie, vous avez expliqué à la police que c'était justement pour mettre la main sur des photos compromettantes, mais vous n'avez rien trouvé. Étiez-vous venu en réalité pour autre chose ?

— Non, absolument pas ! Sophie menaçait d'envoyer ces photos à ma femme et c'est tout ce qui m'a motivé !

Dubuc lui fait voir le diamant bleu et observe attentivement la réaction de Jim Wilson.

– Cette bague, on pense que Sophie l'a volée à l'organisation criminelle dirigée par le Caméléon. C'est ça que vous cherchiez ?

– Non, seulement les photos, je vous jure !

Sur ces mots, le travailleur social se lève et part brusquement. Blanchette consulte Dubuc.

– T'en penses quoi, Roméo ?

Dubuc se tourne vers lui et laisse échapper un soupir.

– Écoute, d'après moi, Jim Wilson n'avait aucune idée de la tragédie qui allait arriver quand il a téléphoné à Sophie au restaurant juste avant le meurtre. S'il l'avait vraiment tuée, il ne serait pas revenu à son appartement le lendemain, c'était bien trop risqué ! Tu l'as vu comme moi : ce gars-là est un fonctionnaire, un peu pépère et pissou sur les bords. Il était super frustré de s'être fait *flusher* par Sophie, mais je ne crois pas qu'il soit notre meurtrier. Écoute, si je me trompe, je suis prêt à manger tous les poils de ma moustache avec de la sauce à poutine !

Pendant que le détective Blanchette rigole, Dubuc lui remet la bague au diamant bleu.

– Tiens, elle sera plus en sécurité dans le coffre-fort de la police de Toronto que dans le fond de ma poche !

Après leur interview avec Jim Wilson, les deux policiers décident de casser la croûte à leur tour au centre-ville de Toronto. Dubuc en profite pour résumer la rencontre plutôt décevante avec le jeune Billy la veille, concernant Sophie Létourneau.

Blanchette fait une suggestion :

– On pourrait retourner dans le Chinatown et essayer de pousser l'enquête un peu plus loin. Le problème, c'est que beaucoup d'Asiatiques viennent de pays où la police est corrompue, alors ils n'ont pas trop intérêt à collaborer avec nous. Par contre, nos services de police ont développé avec les années de bons rapports avec un certain Patrick Zhen. C'est un « ouvreur de portes », comme on dit. Un *businessman* prospère et influent, très branché dans la communauté asiatique. Il connaît un tas de monde et il a les oreilles ouvertes sur tout ce qui se passe dans le quartier. Quand la police veut rejoindre quelqu'un dans ce milieu-là, le meilleur moyen est encore d'aller jaser un peu avec monsieur Zhen. On pourrait lui rendre visite, quessé que t'en penses ?

Après avoir donné un coup de fil à l'homme d'affaires, les deux policiers se rendent aux alentours d'un restaurant décoré de banderoles multicolores qui claquent au vent. Le Bamboo Marsh est un peu en retrait de la rue Spadina, où se concentre l'activité commerciale du quartier. Blanchette et Dubuc se présentent à l'entrée. Une femme asiatique mince, aux cheveux noirs remontés en toque et vêtue d'une longue robe de satin mauve, les y accueille, pour les mener à Patrick Zhen. Ils traversent le restaurant dont les murs sont revêtus de lourdes tentures pourpres. Les tables et les chaises sont de style chinois traditionnel.

– On dirait un décor de pièce de théâtre classique ! chuchote Dubuc.

– Le Bamboo Marsh est un restaurant haut de gamme, qui dessert une clientèle super riche de

Toronto, mais aussi très « vieille Chine », répond Blanchette.

Au fond de la salle, un rideau s'écarte soudain et un Asiatique dans la soixantaine s'avance vers eux lentement à l'aide d'une canne à pommeau d'or en forme de tête de dragon. Il porte de grandes lunettes fumées carrées qui accentuent son allure austère. Ses cheveux noirs sont lissés vers l'arrière. Son costume trois pièces foncé est déformé par son téléphone cellulaire dans la poche avant. La femme qui les a conduits dépose une théière et des tasses sur la table.

— Messieurs, je vous présente mon épouse, Susan Zhen...

Elle incline la tête, sourit timidement et repart.

Le détective Blanchette fait remarquer à leur hôte qu'il n'avait pas de canne à leur dernière rencontre.

— C'est mon genou, avoue M. Zhen. Vous connaissez peut-être le proverbe qui dit que la vie d'un vieillard ressemble à la flamme d'une bougie dans un courant d'air.

Questionné par Blanchette, Patrick Zhen indique avoir appris le meurtre de Sophie par les journaux. Jusqu'ici, il n'a pas entendu quoi que ce soit dans la communauté chinoise à ce sujet.

Blanchette précise :

— D'après nos informations, elle aurait travaillé pour un dénommé Johnny Simard, le propriétaire du Bikini Club. On sait qu'il brasse des affaires avec votre communauté. Sophie aurait aussi été « l'escorte » de plusieurs gros clients chinois. Est-ce que ça vous dit quelque chose ? demande Blanchette, en lui montrant la photo de l'adolescente.

Patrick Zhen sirote lentement sa tasse de thé. Il semble impatient.

— J'assiste évidemment à beaucoup de soirées sociales dans ma communauté, mais non, cette fille ne me dit rien…

Dubuc intervient à son tour dans son mauvais anglais…

— On parle du meurtre d'une jeune femme blanche assassinée depuis déjà trois semaines ! Ça ne doit quand même pas passer inaperçu dans la communauté chinoise !

Dave Blanchette essaie de calmer l'agitation de son collègue, mais M. Zhen le retient.

— Votre ami a raison d'être indigné. Vous devez cependant savoir que ce drame est survenu dans un petit restaurant. Il est possible que certains employés et des témoins n'aient pas leurs papiers réglementaires pour vivre au Canada. Par conséquent, ils évitent la police comme la peste. Vous n'obtiendrez rien d'eux, c'est évident.

Après avoir vidé sa tasse de thé, Patrick Zhen se lève et invite les deux policiers à faire une courte promenade avec lui dans le quartier. Les trois hommes marchent lentement sur le trottoir bondé de la rue Spadina.

— Vous voyez le troisième étage de cet édifice ? demande l'homme d'affaires, en montrant avec sa canne à pommeau d'or un immeuble de briques rouges. Des cours d'anglais sont offerts aux nouveaux immigrants chinois. C'est moi qui paye toutes ces dépenses. Je trouve important que les arrivants puissent parler la langue du pays d'accueil.

Pendant leur balade, Dubuc est à même de confirmer la notoriété de Patrick Zhen dans le quartier chinois. Plusieurs personnes s'arrêtent un bref instant pour lui serrer la main, ou lui font discrètement un signe de tête amical.

— Cet immeuble brun au bout de la rue, c'est le « Foyer pour personnes âgées Patrick et Susan Zhen ». Quand j'ai placé ma vieille mère, j'ai constaté l'état lamentable des lieux. Alors, j'ai déboursé de ma poche pour faire construire un nouveau centre. Ils ont même une piscine et un chef de cuisine à cet endroit ! dit-il fièrement.

Après s'être séparés de Patrick Zhen, les deux policiers retournent à leur voiture.

— Comme tu peux voir, dit Blanchette, Zhen est une grosse légume dans la communauté chinoise de Toronto.

— Qui aime aussi se péter les bretelles et montrer qu'il a beaucoup d'argent ! renchérit Dubuc.

— On raconte qu'il aurait des ambitions politiques et des contacts. Entre toi et moi, la police est obligée d'être *cool* avec lui, de le flatter dans le sens du poil, comme on dit. L'année passée, son gars de 23 ans a été arrêté pour excès de vitesse sur l'autoroute. Le jeune roulait à 160 kilomètres à l'heure dans une zone de 100. Mais pour garder de bonnes relations avec son père, on l'a laissé repartir avec un simple avertissement, sans lui donner de *ticket*.

*   *

*

En début d'après-midi, Roméo Dubuc sent le besoin de réfléchir à la macabre découverte du corps de Patty Morris. Il en est encore secoué. Mélanie, en amour comme une tourterelle, ne reviendra pas avant ce soir. Pour combattre son stress, il décide d'aller se promener dans le quartier.

Un quart d'heure plus tard, son téléphone le tire de ses pensées. C'est Lucien Langlois. À l'autre bout du fil, son collègue est heureux de le retrouver.

— Tout le monde s'ennuie de toi ici, Roméo. On a hâte que tu reviennes !

— Aha, tu es le pire menteur de la planète, Lulu, mais ça fait plaisir à entendre !

Dubuc en profite pour se vider le cœur, et lui raconte les terribles événements survenus plus tôt chez Morris. Après l'avoir patiemment écouté, Lucien lui fait part du motif de son appel.

— La semaine passée, tu m'as demandé plus d'information sur Francis Francœur. Je t'ai dit qu'il empruntait souvent une auto au garage de son père pour disparaître pendant trois ou quatre jours. T'en souviens-tu ?

— Oui. On le soupçonnait d'être impliqué dans des affaires louches, mais on n'en savait pas plus…

Langlois conserve un long silence à l'autre bout du fil. Dubuc s'inquiète.

— Dis-moi la vérité sur Francis !

— Eh bien, ton intuition était bonne. Les voyages de trois ou quatre jours de ce garçon lui servent à transporter de la drogue entre le Québec et l'Ontario. Ton Francis est un passeur de cocaïne, une « mule » si tu préfères.

— Bout de chandelle, Lulu ! Es-tu certain de ton information ?

— Un contact à la SQ m'a raconté qu'un agent *undercover* qui s'est infiltré dans le monde de la drogue au Québec et en Ontario a eu l'occasion de rencontrer Francis Francœur à quelques reprises. Pour l'instant, cette enquête est ultrasecrète…

Dubuc devine la suite.

– Tu veux dire qu'il est impossible d'arrêter Francis, pour ne pas compromettre l'opération en cours, c'est ça ?

– Exact. Francis n'est qu'un petit poisson dans cette affaire de drogue, mais la police a besoin de lui pour remonter jusqu'au chef des trafiquants.

Dubuc se mord les lèvres avant de poser une dernière question.

– Pour qui travaille Francis à Toronto ?

– Un certain Johnny Simard...

<h1 style="text-align:center">16</h1>

En début de soirée jeudi, Mélanie s'aperçoit que son oncle n'a presque pas touché à son souper. C'est donc qu'il est préoccupé...

— Tu penses vraiment que Sophie a volé cette bague, n'est-ce pas ?

Dubuc pince les lèvres. Il tente d'éviter de ternir davantage le souvenir de la meilleure amie de Mélanie, mais ne veut pas non plus enfermer sa nièce dans une fausse réalité. Achat personnel ? Impossible pour Sophie de s'être procuré un diamant d'une telle valeur. Cadeau d'un riche « admirateur » ? Si c'était le cas, elle ne l'aurait jamais donné à Mélanie. Seule autre possibilité : Sophie a volé ce diamant. Mais puisqu'elle se sentait surveillée au restaurant, elle s'est débarrassée de la bague en la donnant à Mélanie.

— C'est ce que je pense, se contente de répondre Dubuc.

— Pourquoi ?

Il tente de ménager la susceptibilité de sa nièce.

— N'oublie pas que d'après l'enquête du détective Blanchette, Sophie était tombée assez bas dans la prostitution. Elle était peut-être victime de chantage, ou bien elle avait vraiment besoin d'argent pour régler des dettes.

L'adolescente baisse la tête, comme si elle regrettait d'avoir posé la question.

— J'ai réfléchi et j'ai encore plusieurs questions pour Billy, reprend Dubuc. Il faut le revoir. Allons au restaurant qu'il nous a recommandé.

En sortant dans la rue, Dubuc siffle le chauffeur Elvis, qui s'amène aussitôt.

— Le Shanghai Palace ? *Cazzo !* Pas une bonne idée, *Signore* Dubuc. Cet endroit n'est pas pour vous !

Elvis allonge la main sous son siège pour saisir une matraque et la remet à Dubuc.

— Tenez, vous en aurez peut-être besoin. Je la traîne sous mon siège depuis que je me suis fait attaquer, l'autre jour.

Dubuc refuse poliment.

Arrivés une demi-heure plus tard au Shanghai Palace, Dubuc et Mélanie s'installent sur une banquette du fond. L'endroit n'a rien de chic. C'est plutôt un casse-croûte spécialisé dans les plats à base de riz et de nouilles. Le policier remarque la cuirette bon marché, déchirée par endroit sur les sièges. Au mur derrière le long comptoir, des affiches surtout unilingues représentant des paysages chinois trahissent la clientèle. Plusieurs groupes de jeunes Asiatiques discutent bruyamment aux tables.

Dubuc se penche vers sa nièce.

— Comment s'appelle ce type dont parlait Billy ?

— Orlando, je crois.

À l'arrivée du serveur, Dubuc demande à parler au principal intéressé. Un Asiatique d'âge mûr se présente à leur table.

— Deux plats de « nouilles à la Billy », s'il vous plaît.

L'homme fait un signe de tête et repart.

Dix minutes plus tard, une jeune fille dépose devant eux deux plats de nouilles fumantes, mais peu appétissantes.

Dubuc a un geste de recul et pousse un cri.

— Beurk ! Quessé ça ? On dirait des vers de terre empilés les uns sur les autres !

Mélanie lui fait signe de baisser le ton.

— De toute façon, on n'est pas venus ici pour la gastronomie, oncle Roméo !

Pour sa part, l'adolescente semble se régaler, sous le regard dégoûté de son compagnon de table.

Vers la fin du repas, Orlando revient déposer une facture. Le policier jette un coup d'œil au bout de papier qui dépasse du livret et remarque un message écrit à la main.

À 21 h ce soir,
derrière l'Empire's Kitchen

Dubuc et Mélanie sortent du restaurant. Il est presque 20 heures.

— Bon, ça nous laisse une bonne heure pour trouver cet endroit.

Mélanie pitonne frénétiquement sur son téléphone cellulaire.

— Tiens, je l'ai repéré sur *Google Maps* ! C'est un restaurant spécialisé dans les fruits de mer, à quelques rues d'ici.

Ils s'engagent dans une série de ruelles bordant l'artère Spadina, pendant que Mélanie garde les yeux rivés sur le GPS de son téléphone. L'ombre des néons criards du Chinatown les poursuit, peu

     Cadavres à la sauce chinoise

importe le détour. Dans ce dédale, ils arrivent enfin derrière le restaurant Empire's Kitchen.

Dubuc se tourne vers sa nièce.

— Bon. Attends-moi ici, je vais aller m'assurer que l'endroit est sécuritaire et...

Soudain, Mélanie pousse un grand cri d'horreur.

À quelques mètres, elle vient d'apercevoir des jambes humaines sorties d'une poubelle! Dubuc s'approche et reconnaît le corps sans vie et mutilé de Billy Nguyen.

Mélanie s'élance sur son oncle en sanglotant.

Dubuc la prend par la main. Par curiosité, il s'avance prudemment vers la devanture de l'Empire's Kitchen, un nom prétentieux pour cette binerie. À travers la grande vitrine bien éclairée de la salle à manger, il observe les clients. À une table près de la porte, Dubuc reconnaît soudain un visage. Le Chinois aux cheveux blonds et à la cicatrice, aperçu à la boutique, vient lui aussi de repérer Dubuc et Mélanie. Il bondit sur ses pieds et fait un signe à deux autres comparses qui se précipitent.

— Filons vite, Mélanie, c'est dangereux!

À une vitesse qu'elle n'aurait jamais cru possible chez son oncle très obèse, l'adolescente est poussée sans ménagement vers la ruelle tout près. Dubuc se retourne juste à temps pour voir le Chinois et ses deux acolytes s'élancer à leur poursuite. Le policier et sa nièce courent quelques minutes dans la ruelle, mais Dubuc s'arrête soudain. Il est à bout de souffle et se tient la poitrine à deux mains. Ses malaises cardiaques viennent de le reprendre avec l'effort physique.

— Vite, oncle Roméo, ils vont nous rattraper !
Viiiiiite ! crie Mélanie avec de grands gestes, pendant que les trois hommes s'approchent rapidement.

— Je... je... Continue sans moi, ma pitchounette ! Je vais essayer de les ralentir un peu et...

Soudain, sorti de nulle part, un taxi vert et
orange numéroté 2492 surgit au bout de la ruelle.
Le chauffeur leur fait de grands signes désespérés
avec le bras.

— C'est Elvis ! Vite, oncle Roméo !

Quelques instants plus tard, le taxi a semé ses
poursuivants et roule en toute sécurité. Après avoir
téléphoné sans succès au détective Blanchette,
Dubuc demande à être ramené immédiatement à
l'appartement.

— Elvis, tu n'étais pas là par hasard, n'est-ce
pas ?

— Pas du tout, *Signore* Dubuc. Je vous suivais
comme votre ombre depuis le début de la soirée. Je
vous avais prévenu que le Shanghai Palace n'était
pas un endroit recommandable !

*   *
*

Au déjeuner du vendredi matin, Dubuc se prépare un copieux repas qui laisse encore une fois
Mélanie à court de mots.

— Du... steak, des... saucisses et des... patates
pilées *pour déjeuner* ?

Dubuc s'installe à table.

— Pourquoi pas ? Tu ne savais pas que c'est
le repas essentiel de la journée ? C'est quelqu'un
d'important qui a dit ça, Madonna ou Justin Bieber,
je crois !

    Cadavres à la sauce chinoise

Sa nièce est déjà en train d'étudier à cette heure matinale.

— Francis veut m'amener au zoo de Toronto aujourd'hui !

La réaction brusque de son oncle n'annonce rien de bon.

— Mélanie, il faut que je te dise... j'ai eu des informations pas très rassurantes sur Francis. D'après mes renseignements, il serait impliqué dans des activités louches, au Québec et en Ontario. Alors, s'il te plaît, ne prends pas de risque. Tiens-toi loin de ce garçon. Tu me le promets, ma pitchounette ?

Mélanie lui jette un regard chargé de reproches et pince les lèvres.

— Ben là ! Si Francis était un criminel, tu sais très bien qu'il serait déjà en prison !

Dubuc admire le sens de la déduction de sa nièce, mais reste silencieux. Il ne peut pas lui révéler que Francis est en liberté seulement parce qu'une opération policière secrète est en cours.

— C'est plus compliqué que tu crois. Fais-moi confiance...

Mélanie sait bien qu'elle n'a rien à gagner à défendre Francis bec et ongles devant son parrain. Cette fois-ci, elle préfère user d'un subterfuge pour ne pas l'irriter.

— Bon, si ça peut faire plaisir à mon oncle préféré, je vais me concentrer sur mes études aujourd'hui.

Satisfait, Dubuc se lève pour quitter l'appartement.

— Une bonne affaire de réglée ! Moi, je dois rencontrer le détective Blanchette pour essayer d'identifier le Chinois blond qui nous a pourchassés hier soir. Tourlou!

Dès que son oncle sort, Mélanie envoie un message texte à Francis : « Ok, prête pour le zoo ! »

« *All right Babe !* J'arrive tu suite ! » répond Francis.

Une demi-heure plus tard, Mélanie va lui ouvrir et s'élance pour embrasser le jeune homme. Il lui tend une gerbe de jonquilles, fraîchement arrachées près de la porte d'entrée de Mme Krikri...

— Je suis tellement contente ! lance Mélanie, en les mettant dans un vase.

L'adolescente sort son flacon de parfum pour s'en mettre un peu dans le cou. Satisfaite, elle prend Francis par le bras et ils s'en vont, tout sourire.

— Le zoo est l'une des principales attractions de Toronto, récite Mélanie, comme une leçon apprise par cœur. Ils ont plus d'un million et demi de visiteurs par année et 5 000 animaux qui représentent 500 espèces différentes !

Le jeune homme pousse un long sifflement.

— Aie, *Babe*, je ne savais pas que t'étais devenue aussi savante que, genre, Wikipédia !

Mélanie chuchote à l'oreille de Francis.

— Ça me fait quelque chose de laisser mon oncle. C'est quelqu'un qui a passé une bonne partie de sa vie dans les petites villes. J'ai l'impression que Toronto, c'est trop gros pour lui, ça le déprime un peu.

Elle sursaute en voyant la réaction négative de Francis.

— Bon, oublie ce que je viens de dire. C'était une idée stupide...

Francis tente de lui expliquer.

— Amène Roméo si tu veux. C'est juste que...

   Cadavres à la sauce chinoise

– C'est juste que quoi ?

Il se tourne vers l'adolescente et l'embrasse.

– J'aimerais mieux qu'on aille au zoo, genre, en amoureux...

* *

*

Au poste de police, Dubuc espère être en mesure d'identifier le Chinois qu'il soupçonne d'avoir assassiné Billy. Blanchette lui apporte un café.

– Très tôt ce matin, une escouade policière a pris d'assaut la boutique Golden Asia où travaille le Chinois aux cheveux blonds. La place était fermée, mais on a défoncé et fouillé les lieux de fond en comble. D'après les livres comptables trouvés sur place, Golden Asia est un prête-nom utilisé par le Caméléon pour blanchir l'argent de la drogue et de la prostitution. Ça expliquerait aussi qu'on n'ait rien trouvé sur le patron de la boutique. Notre moineau a disparu dans la nature, et on ignore sa véritable identité. J'espère que ton signalement pourra nous aider à le retrouver.

Blanchette, qui observe Dubuc depuis un moment, fait une pause et ajoute :

– T'as l'air d'avoir la *falle* basse, Roméo...

L'autre rejette la tête en arrière, impatienté.

– Écoute, ce Chinois aux cheveux blonds court toujours. Il sait que Sophie a donné le diamant bleu du Caméléon à Mélanie, et il veut absolument le récupérer. Alors, il va prendre les grands moyens pour mettre la main dessus. C'est risqué...

En parlant, Dubuc tourne machinalement les pages d'un volumineux cartable rempli de photos de criminels. Soudain, il s'interrompt et met son index sur une photo en s'exclamant :

— Bingo ! C'est notre moineau ! Chinois… cheveux blonds… cicatrice au visage… aucun doute là-dessus !

Blanchette s'approche pour regarder par-dessus son épaule.

— Certain ?

— Absolument !

Blanchette tripote des dossiers dans un grand classeur.

— Le patron de la boutique s'appelle en réalité Irving Wong. Il est déjà fiché pour ses antécédents d'agression armée et autres. On va faire émettre un mandat d'arrestation contre le bonhomme.

Mais alors que Dubuc s'apprête à partir, Dave Blanchette lui saisit le bras et lui met discrètement dans la main un objet métallique froid : un pistolet semi-automatique 9 mm. Devant l'étonnement de son ami, il murmure :

— Si jamais la marde à pogne solide…

17

À l'heure du midi, le détective Blanchette retourne au chic Bamboo Marsh pour s'entretenir avec Patrick Zhen. En le voyant approcher, l'homme d'affaires se lève et s'incline poliment.

— Vous vouliez me parler, Sergent ?

Blanchette s'assoit et lui montre la photo d'Irving Wong.

— Connaissez-vous cet homme ? C'est le gérant de la boutique Golden Asia, dans le Chinatown.

Patrick Zhen enlève ses larges lunettes foncées pour scruter la photo de ses yeux perçants.

— Je ne l'ai jamais vu. Si cet homme d'affaires vivait dans le quartier, je le saurais…

— On a des raisons de le croire impliqué dans la mort de Sophie Létourneau. Nous le soupçonnons aussi d'avoir assassiné, hier soir, le jeune Billy Nguyen, un employé de sa boutique.

Patrick Zhen l'écoute attentivement.

— Qu'attendez-vous de moi, détective Blanchette ?

Le policier lui remet le cliché d'Irving Wong.

— Faites circuler cette photo dans vos milieux. Demandez que l'on nous informe si quelqu'un l'aperçoit. La police a transmis ce document à des centaines d'employés d'hôtels et de restaurants de Toronto, avec une récompense pour son signalement. On doit absolument retrouver cet homme...

Patrick Zhen se lève pour signifier que la rencontre est terminée. Il claque des doigts. Un serveur s'approche. M. Zhen lui remet la photo avec quelques instructions en mandarin.

— Si c'est là votre volonté, détective Blanchette, dès ce soir, des centaines de photos de cet homme circuleront partout dans le Chinatown. Puisque ce Irving Wong est dangereux à ce point, il n'a plus rien à perdre et nous devons faire vite. La sagesse dit avec raison qu'un chien poussé à bout peut sauter un mur élevé, même blessé...

*　*

*

— Francis, pas si vite! Je... je me sens étourdie et j'ai mal au cœur! Pourtant, j'ai seulement bu l'eau dans la bouteille que tu m'as donnée tout à l'heure.

— Il y a des toilettes publiques pas loin. Viens, on va y aller, *Babe*.

— On a assez marché, il faut s'arrêter. Après tout, on a vu les kangourous, les rhinocéros, les crocodiles, les singes, les tigres, les lions, et un tas d'autres animaux dont je ne connais même pas le nom!

— C'est lequel ton préféré à toi, Mélanie? demande Francis, pour la distraire de son mal de cœur.

— Les pandas, car ils sont tellement beaux. On dirait des gros toutous noirs et blancs en peluche.

J'ai juste le goût de les serrer dans mes bras avant de m'endormir !

Mélanie penche brusquement la tête et vomit bruyamment sur le sol. Les visiteurs du zoo circulent autour d'eux sans les regarder, indifférents au malaise de la jeune fille.

— Viens, c'est juste ici, dit Francis, en notant qu'une légère pluie commence à tomber.

Les deux adolescents se tiennent par la main et marchent dans la foule. Soudain, un garçon d'une vingtaine d'années reconnaît Francis. Il lui fait un signe amical et s'approche.

— Mélanie, c'est Simon, un gars que je connais !

L'adolescente se sent trop mal pour lui sourire.

Les deux garçons parlent entre eux à voix basse, puis Francis se retourne vers Mélanie.

— *Babe*, ça te dérangerait que Simon vienne avec nous autres ? Il trouve ça super platte de visiter le zoo tout seul.

Mélanie, qui rêvait de passer cet après-midi en tête-à-tête avec Francis, voit son projet contrecarré. De plus, l'attitude de Francis a changé à son égard. Il semble se désintéresser d'elle pour jaser plutôt avec son ami. L'adolescente aperçoit enfin la pancarte des toilettes publiques droit devant eux. À son étonnement, ils se trouvent maintenant dans une partie du zoo de Toronto plus reculée, comme en témoignent les installations assez rares et les lieux plutôt déserts autour d'eux.

Mélanie fouille dans son sac pour en sortir un flacon de Gravol.

— Je reviens dans quelques minutes. Tiens, je te laisse mon sac.

Francis la regarde partir. Lorsqu'elle est hors de vue, il lance le sac à main de Mélanie dans une poubelle tout près et s'éloigne à son tour avec Simon.

Le cellulaire de l'adolescente sonne dans son sac...

*   *
*

— Mélaniiiiiie, répoooooond!!! ordonne Dubuc, en grinçant des dents.

N'ayant joint plus tôt que la boîte à messages de Francis, il recompose nerveusement le numéro de sa nièce, sans résultat.

En désespoir de cause, Dubuc appelle Blanchette et fait état de sa conversation avec Lucien Langlois.

— Comment sais-tu que ta nièce est partie avec Francis? demande Blanchette.

— Deux choses. La canette vide de Red Bull sur la table, c'est lui. Et le bouquet de fleurs fraîchement arrachées quelque part autour de l'immeuble, c'est son genre ça aussi!

— Tu penses que Mélanie est en danger?

— D'après mes informations, Francis Francœur est impliqué dans le transport de la drogue entre le Québec et l'Ontario. Il travaille pour Johnny Simard. Penses-y une seconde : il a la couverture idéale, puisqu'il prend des voitures neuves du garage de son père pour les livrer à des clients un peu partout dans les deux provinces.

— Veux-tu qu'on l'arrête?

— Malheureusement, il est intouchable, à cause d'une opération secrète en cours. Mais j'ai peur,

Dave ! Francis travaille pour cette canaille de Johnny Simard et en ce moment même, il est au zoo de Toronto avec ma nièce Mélanie !

– Sans vouloir te décourager, on n'arrivera jamais à les retrouver. La superficie du zoo équivaut à 700 terrains de football ! Imagine, c'est comme chercher une puce dans une botte de foin !

– Peut-être pas... rétorque Dubuc. Quand j'ai vu que Francis tournait autour de ma nièce comme une mouche autour d'un pot de miel, j'ai inscrit le numéro de téléphone de Mélanie à un service GPS payant sur Internet.

Le détective Blanchette pousse un sifflement d'admiration.

– T'as fait ça ? Mais tu disais l'autre jour que la technologie, c'est pas ton fort !

– En fait, je n'avais pas d'autre moyen d'assurer la sécurité de Mélanie à Toronto. Depuis qu'il est probable que le meurtrier de Sophie a aussi aperçu ma nièce, j'ai peur pour elle.

– Peux-tu savoir où se trouve son appareil ?

– Si on entre son numéro dans l'ordinateur, le site Web du service GPS devrait pouvoir le localiser à plus ou moins 10 mètres de son emplacement. Tu veux qu'on essaie ?

Sans délai, le détective Blanchette entre sur son clavier les instructions fournies par Dubuc. Après quelques minutes, il s'exclame :

– Bingo ! Le signal émis par le téléphone de Mélanie provient effectivement... du zoo de Toronto, à l'extrémité nord consacrée à l'Afrique ! C'est le coin des lions, des girafes et des antilopes. Tu viens de simplifier grandement nos recherches, Roméo. Prépare-toi, je passe te prendre *drette*-là à ton appartement !

18

Mélanie entre dans le bâtiment et s'arrête un instant. L'endroit ne paye pas de mine. Quelques néons blafards au-dessus des éviers émettent un bourdonnement agaçant. L'adolescente prend deux comprimés dans son flacon de Gravol et se penche pour boire quelques gorgées à même le robinet. Ensuite, elle ouvre la porte d'une des cabines et la referme en mettant le loquet. Elle s'installe sur le siège, prête à vomir encore une fois. Quelques minutes plus tard, des bruits de discussion animée attirent son attention. Intriguée, elle sort du cubicule.

Une jeune femme vient d'entrer en poussant un fauteuil roulant et discute avec la personne âgée assise dedans. En apercevant Mélanie, elle hausse les épaules, comme pour s'excuser :

– Je m'appelle Susan. J'essaie d'aider ma grand-mère, mais elle est têtue comme une mule !

Mélanie leur sourit et s'apprête à sortir. Mais elle se sent soudainement agrippée par derrière et ne peut empêcher la jeune femme de lui appliquer brusquement un linge rempli de chloroforme sur le nez.

L'adolescente se débat comme une bête blessée, réalisant soudain qu'elle vient de tomber dans un piège fatal.

L'instant d'après, Mélanie Dubuc-Morin chute inconsciente sur le plancher de ciment froid et humide des toilettes publiques du zoo de Toronto...

* *
*

Un peu avant 16 heures, Dubuc et Blanchette franchissent les tourniquets. Le détective torontois, qui connaît bien l'endroit pour l'avoir visité à plusieurs reprises avec ses deux filles, sort son badge et réquisitionne une voiturette de golf qu'il vient d'apercevoir près de l'entrée. Il s'installe au volant.

– Ça ira plus vite de cette façon. Embarque, Roméo ! La région de l'Afrique d'où provient le signal est au bout du terrain, *drette* devant nous autres !

Les deux policiers traversent rapidement quelques-unes des sept différentes zones géographiques qui composent le zoo de Toronto : Indo-Malaya, Amériques, Domaine canadien, Australie, Eurasie, Toundra, jusqu'à la dernière, l'Afrique. Il tombe maintenant une pluie fine et de gros nuages gris persistants flottent à l'horizon. À mesure qu'ils avancent, Dubuc transmet les coordonnées exactes d'où provient le signal émis par le téléphone de Mélanie.

– On y est presque, Dave ! C'est tout près !

Devant l'intensité du signal, ils descendent de la voiturette. Ils n'aperçoivent qu'un bâtiment de toilettes publiques, une cabine téléphonique, un banc de parc, une table à pique-nique et une grosse poubelle.

Mais aucune trace de Mélanie.

Ni de Francis Francœur...

La déception se lit sur leurs visages.

Par prudence, Dave Blanchette s'approche lentement du bâtiment et sort son pistolet Glock 17. Resté derrière pour explorer la poubelle, Dubuc vient de repérer le sac de Mélanie. Il prend le téléphone et vérifie rapidement tout nouveau message ou courriel qui pourrait le mettre sur une piste.

Rien...

— Bout de chandelle que j'aime donc pas ça !

Il rejoint son collègue. Blanchette pénètre en premier dans la salle de toilettes des dames. À droite, cinq cabines. À gauche, trois éviers. L'endroit est désert. Il range son arme dans son étui.

— C'est quoi cette drôle d'odeur ?

— Du chloroforme, on dirait. Mauvais signe...

Malgré lui, Dubuc s'approche des éviers et fait signe à son collègue de reculer. Dans une situation aussi émotionnellement chargée que celle-là, tous les sens du détective de Chesterville sont en alerte rouge. Il renifle la salle des toilettes le nez en l'air, comme un chien de chasse excité ; il écoute le moindre bruit autour de lui comme un écureuil aux aguets ; ses mains auscultent le contour des objets environnants pour vérifier le moindre indice, la moindre trace ; et ses yeux scrutent la pièce avec l'intensité d'un rayon laser...

— Mélanie est passée par ici. Dans cette cabine, la quatrième...

— Comment tu sais ça ? demande Blanchette, stupéfait.

    Cadavres à la sauce chinoise

— L'odeur de son parfum... Et puis, le plancher est sec devant les autres cabines, mais mouillé devant celle-ci parce que Mélanie arrivait de dehors et qu'il pleut légèrement...

— Quoi d'autre ?

— On dirait que quelqu'un est entré ici avec une bicyclette. Regarde, je vois comme deux traces de pneus de vélo, juste ici.

Le détective Blanchette sent que l'épuisement nerveux s'est emparé de son collègue, après une vingtaine de minutes d'observation intense.

— Viens, Roméo. J'ai vu une caméra de sécurité dehors. On va *checker* la bande vidéo pour essayer d'en savoir plus.

Les deux détectives arrivent au bureau de la sécurité du zoo, qui s'empresse de collaborer. La caméra numéro 34 couvre tout le périmètre du bâtiment sanitaire dans la partie nord de la zone Afrique.

— Avancez la bande vidéo jusqu'au début de cet après-midi, demande Blanchette au préposé.

Au repérage de 13 h 18 sur la bande, Dubuc pousse un cri : il vient de voir Mélanie entrer. Dans les minutes qui suivent, personne d'autre. Mais vers 13 h 26, il constate sa méprise. Ce n'était pas une bicyclette, mais plutôt une femme poussant un fauteuil roulant qui est arrivée et a posé devant l'entrée un cône en plastique orange, pour indiquer « toilette défectueuse ». Elle est ressortie à 13 h 45. Sept minutes plus tard, à 13 h 52, une femme âgée quitte le bâtiment derrière elle...

Dubuc se creuse les méninges. Il ne comprend pas...

— Pincez-moi quelqu'un, je dois rêver ! Premièrement, j'ai vu Mélanie entrer dans ce bâtiment, mais elle n'est jamais ressortie ! Deuxièmement, la femme poussant le fauteuil roulant est entrée à son tour, puis sortie vingt minutes plus tard environ, suivie d'une autre femme âgée sortie en dernier...

– *Mais qu'on n'a jamais vu entrer aux toilettes !* précise Blanchette.

La remarque suffit pour que Dubuc recolle ensemble tous les morceaux du puzzle. Il se donne une grande claque sur le front.

– *Shit* de *shit* ! Mélanie a été kidnappée, mon vieux ! Ça crève les yeux ! Souviens-toi de l'odeur de chloroforme ! C'est ma nièce qui était dans le fauteuil roulant poussé par la femme quand elle est *ressortie* du bâtiment ! Sa complice, la personne qui y était à l'arrivée, n'est pas plus handicapée que toi ou moi ! Elle est tranquillement ressortie en dernier des toilettes sur ses deux pieds, sept minutes après l'enlèvement de Mélanie, pour brouiller les pistes !

– C'est brillant ! s'exclame Blanchette.

Dubuc lui jette un regard dur.

– Brillant ? C'est plus que brillant, mon vieux ! C'est diabolique ! Et ça nous montre à quel point le Caméléon est prêt à tout pour récupérer cette bague à diamant bleu !

*   *

*

Mélanie Dubuc-Morin cligne des yeux rapidement puis les referme. Sa vue est embrouillée. Elle a un mal de tête épouvantable, en raison du chloroforme qui l'a brutalement endormie.

Dans la demi-pénombre, l'adolescente tente de repérer où elle se trouve. L'humidité ne trompe pas : c'est un sous-sol. Elle crie à pleins poumons :

    Cadavres à la sauce chinoise

– Francis! Francis!

Avec peine, elle tente de retracer le fil des événements. La sortie au zoo de Toronto avec Francis, puis l'arrivée de son ami Simon, et ensuite les vomissements. La bouteille d'eau! C'est ça, elle s'est sentie mal après avoir bu l'eau que Francis lui a donnée!

Mélanie prend soudain conscience de la supercherie. Elle revoit les événements comme dans un film : Francis l'a délibérément droguée pour l'amener jusqu'aux toilettes, à un endroit prévu d'avance au zoo, où elle a ensuite été chloroformée et kidnappée par une femme et son complice!

Elle est allongée sur des couvertures qui sentent l'urine, jetées pêle-mêle sur un plancher de ciment froid. Avec difficulté, elle réussit à se relever. Les murs autour d'elle forment une cage en bois solide. En haut, près du plafond, une étroite fenêtre est la seule source de lumière. Quelle heure peut-il être ? Quatre heures ? Cinq heures de l'après-midi ? Elle se déplace au fond de sa prison pour capter un reflet de la lumière du jour et voir sa montre : il est 19 h 12, vendredi soir.

Soudain, Mélanie entend des bruits. Des pas approchent. À l'extérieur de sa cage de bois, quelqu'un déverrouille la porte. Une femme entre. Derrière elle, une autre personne reste dans la pénombre.

– Madame Krikri!

Folle de joie, Mélanie s'élance sur elle.

Mais la concierge grecque la repousse brusquement et apostrophe l'homme resté dans l'ombre.

– Prépare l'injection de drogue, Johnny.

Ébranlée par l'attitude de sa logeuse, l'adolescente demande :

– Mais de quoi parlez-vous ? Je pensais que vous étiez venue me libérer !

– Où est la bague au diamant bleu ? Réponds !

Mélanie essaie de réfléchir un instant, sans impliquer son oncle Roméo.

– Je l'ai vendue pour avoir de l'argent !

La logeuse éclate de rire.

– Menteuse, je l'aurais su ! Alors, la drogue va te forcer à parler, ma petite…

Mme Krikri fait un signe à Johnny Simard, qui agrippe brusquement Mélanie, l'étend de force sur le plancher froid de son cachot et la maintient immobile. Il sort une seringue, dont il insère lentement l'aiguille dans le bras de l'adolescente.

Mélanie se débat, en pleurant de rage…

19

— Si jamais, on touche à un cheveu de la tête de ma Mélanie, tu vas le payer cher le restant de tes jours! M'entends-tu, Roméo Dubuc!

Il est presque minuit en ce vendredi soir. Le policier vient d'appeler Béatrice Dubuc, pour lui apprendre que sa fille a été enlevée au zoo de Toronto cet après-midi. La démarche est compliquée du fait que le policier annonce la triste nouvelle à sa propre sœur, qu'il connaît trop bien. La réaction de Béatrice est un mélange de cris, d'hystérie et de larmes…

— Écoute, je te promets *de faire l'impossible* pour retrouver Mélanie!

Mais son insistance impressionne peu sa sœur cadette.

— L'impossible, l'impossible! L'enlèvement de ma Mélanie a eu lieu à Toronto, dans la plus grande ville du pays! N'essaie pas de me faire accroire que ton expérience de détective régional va t'aider dans une métropole de presque trois millions de personnes! Ne fais surtout pas des promesses que tu ne pourras pas tenir!

Dubuc cherche les mots pour la consoler.

— Je peux compter sur la collaboration du détective Blanchette et de ses collègues du bureau de Toronto. Sois assurée, Béatrice, qu'on va remuer ciel et terre!

— Et puis, qu'est-ce qu'ils lui veulent à ma Mélanie, les ravisseurs? continue Béatrice Dubuc. Elle n'a pas d'argent et moi non plus! Alors, c'est quoi? Un psychopathe que tu as emprisonné et qui revient se venger sur ta famille, c'est ça?

— Non, non… ces criminels veulent mettre la main sur une bague que Sophie avait en sa possession, et qu'elle a donnée à Mélanie avant de mourir.

— Mais alors, c'est pas compliqué! Donnez-leur la saprée bague et ramenez-moi ma Mélanie! Est-ce que la police de Toronto sait à qui elle a affaire? Avez-vous une piste?

Dubuc s'essuie le front. Il est en nage…

— Pas vraiment. Les ravisseurs de Mélanie sont probablement impliqués aussi dans le meurtre de Sophie, c'est tout ce qu'on sait.

Béatrice raccroche brusquement, laissant Dubuc désemparé.

— Câline de binne! Ta sœur le prend assez mal, on dirait! constate Blanchette.

— Avec raison. Mélanie, c'est son petit trésor sucré. Surtout depuis son divorce, ma sœur et sa fille sont très proches. Je me mets à sa place…

— *Anyway*, écoute Roméo. On va revoir la bande vidéo du zoo dès demain matin. C'est possible qu'on puisse en tirer une couple de photos des suspects pour les diffuser. D'ici là, va dormir un peu mon vieux, avant de virer banane…

Mais Dubuc sait très bien qu'il ne pourra pas fermer l'œil de la nuit. De retour à l'appartement, il s'installe dans un fauteuil du salon et compose un numéro.

La voix endormie, mais rassurante, de son vieux collègue Lucien Langlois résonne au bout du fil.

– Ro… Roméo ? Il est presque deux heures du matin. Qu'est-ce qui se passe ?

– J'avais besoin de te parler, Lulu…

*   *

*

Le samedi matin, Mélanie s'est réveillée tôt, bien qu'engourdie. En réalité, l'odeur infecte des couvertures sur le plancher humide de sa cellule l'a empêchée de dormir une bonne partie de la nuit, tout comme les quelques rats venus la visiter. La trahison de Francis, puis celle de Mme Krikri, lui laissent un goût amer et beaucoup de déception. Elle s'est demandé sans arrêt ce qui incite des gens qui semblent vous aimer à vous trahir soudainement…

Pour l'instant, elle ressent encore les effets de la drogue, mais la sensation qui la tenaille est la faim. Mélanie n'a rien mangé depuis hier midi au zoo et elle a un trou énorme dans l'estomac. L'espoir qu'un de ses geôliers lui apportera sous peu de la nourriture l'encourage à échafauder rapidement un plan pour s'évader.

Pendant qu'à l'aube elle fixait les murs de sa cellule, elle a remarqué plusieurs clous mal enfoncés un peu partout.

– Un élastique serait vraiment utile ! se dit-elle.

Sans réfléchir davantage, Mélanie glisse la main sous son t-shirt pour dégrafer son soutien-gorge et l'enlever en se contorsionnant. Elle s'accroupit et tend à l'horizontale les bretelles de son sous-vêtement sur deux clous en travers de la porte, à la hauteur approximative des genoux. Satisfaite, elle retourne s'asseoir sur les couvertures et attend patiemment... Comme sa porte ouvre vers l'extérieur, personne ne verra le piège.

Vers 7 h 30, l'adolescente entend des pas. Quelqu'un ouvre sa cellule. Le gardien, un jeune Asiatique d'une vingtaine d'années, s'avance en portant un plateau. Mélanie reconnaît Simon, le garçon qui accompagnait Francis au zoo.

– Tiens, voilà du... aaaaahhh !

La vue obscurcie par le plateau qu'il tient devant lui, il vient de s'empêtrer les pieds dans l'élastique du soutien-gorge tendu de part et d'autre de l'ouverture et bascule tête première sur le béton, échappant bruyamment son plateau. Étalé de tout son long, il comprend vaguement ce qui s'est passé, mais Mélanie lui assène un solide coup de pied, ce qui achève de l'assommer. Sans attendre, elle s'évade de sa prison et court dans le corridor, cherchant désespérément la sortie...

La jeune fille s'était trompée : elle n'était pas retenue prisonnière dans un sous-sol comme elle le croyait, mais dans un entrepôt. Devant elle, des planchers de ciment sont garnis d'étagères en bois très hautes. Elle court sans s'arrêter jusqu'au fond et regarde à gauche... à droite... enfin, elle voit une issue !

Dehors, elle se retrouve dans une ruelle déserte et scrute l'horizon.

Personne...

Cependant, à environ 100 mètres sur sa droite, Mélanie aperçoit une voiture et court dans sa direction. Un Asiatique appuyé sur la portière fume une cigarette en parlant à son cellulaire. Elle crie en sautant sur place :

— Monsieur ! Monsieur ! J'ai été kidnappée, aidez-moi ! Amenez-moi au poste de police. Mon parrain est un détective, il va m'aider !

L'homme écrase sa cigarette au sol et lui fait signe d'approcher. Il lui ouvre la portière, mais immédiatement, la saisit par les épaules pour la ligoter et la ramener dans sa cage de bois. Mélanie a tout juste le temps d'apercevoir un tatouage de caméléon rouge sur son bras, avant de retrouver les murs humides de sa prison, où on lui fait une autre injection de drogue.

Cette fois-ci, elle serre les dents, mais ne pleure pas...

*   *
*

En voyant arriver Dubuc au poste de police le samedi matin, Dave Blanchette constate qu'il n'a pas dormi de la nuit. Ses yeux sont rouges et bouffis. Le détective va à sa rencontre.

— Toujours pas de nouvelles de Francis et du garçon qui l'accompagnait. J'ai examiné en détail la bande vidéo de la caméra de surveillance au zoo de Toronto.

Dubuc essaie d'éviter que les émotions n'obscurcissent son jugement de flic.

— Bout de chandelle, il ne faut pas attendre une demande de rançon pour Mélanie. Le Caméléon veut récupérer sa bague, c'est certain !

— Alors, échangeons-la pour Mélanie ! suggère Blanchette.

– Oui, mais pour ça, il faudrait quand même savoir avec qui négocier !

– T'as raison. Comme je t'ai dit l'autre jour, l'organisation du Caméléon n'est pas aussi bien structurée que la mafia italienne, par exemple. On ne connaît ni le chef, ni ses fournisseurs, ni ses proches collaborateurs.

– Je donnerais n'importe quoi pour retrouver immédiatement Mélanie !

– Sophie a possiblement volé cette bague au péril de sa vie. Elle devait avoir une méchante bonne raison ! lance Blanchette, qui prend le bijou sur le bureau pour l'examiner à la lumière du jour.

Maladroit, il l'échappe. Lorsque les deux détectives baissent la tête, ils constatent que le choc a séparé le diamant bleu de son anneau en or. Sur le plancher devant eux, ils distinguent aussi un minuscule objet noir qui était dissimulé dans la bague maintenant désassemblée.

Le détective Blanchette se penche pour ramasser cette curiosité, à peine plus grosse que le bout de l'ongle de son petit doigt. Il la soulève vers la lumière du plafonnier pour mieux l'identifier.

– C'est quoi ça ? demande Dubuc.

Blanchette tourne l'objet de tous les côtés et n'en croit pas ses yeux…

– *What the hell ???* On dirait… une très petite clé USB !

20

Mélanie Dubuc-Morin a la tête qui résonne comme les cloches d'une cathédrale. Elle garde les yeux fermés, de peur de mourir si elle les ouvre. Oui, elle va sûrement mourir ! Depuis des heures, elle est poursuivie sans relâche dans la forêt noire par une meute de loups affamés qui hurlent tout près d'elle. Elle court, elle court sans s'arrêter entre les arbres gigantesques... elle sent presque leurs crocs se refermer sur ses mollets. À bout de forces, Mélanie trouve enfin une cabane et s'enferme. Dehors, les loups l'encerclent, haletants. Ils hurlent pendant plusieurs minutes. Soudain, leur apparence se transforme ! Comme par enchantement, ils deviennent des jeunes hommes presque aussi beaux que Francis ! Vêtus comme des princes, ils lui parlent avec douceur et lui demandent gentiment de les laisser entrer dans la cabane, car ils ont faim et soif, n'ayant pas mangé depuis plusieurs jours. Mélanie se laisse convaincre. Mais une fois à l'intérieur, les loups reprennent leur apparence sanguinaire et se jettent sur elle pour la mordre et lui déchirer les chairs !

Dans sa prison, en proie aux terribles hallucinations causées par la drogue, Mélanie hurle de peur et se roule sur ses couvertures, comme si elle avait perdu la tête!

Debout près d'elle, Johnny Simard rit à gorge déployée. Il s'adresse à l'homme qui vient d'entrer.

— La drogue fait son effet, la petite a des cauchemars épouvantables depuis vendredi soir. Un film d'horreur joue constamment dans sa tête! On va la casser, cette fille-là! Encore une couple de jours et elle sera aussi obéissante qu'un petit agneau, c'est promis.

Mais l'homme est préoccupé.

— Retrouve cette bague avec le diamant bleu, Johnny! Tu sais à quel point je tiens à la récupérer!

Simard fait la moue.

— Ben oui, on va la retrouver la...

Soudain très en colère, l'homme le gifle violemment.

— Pas de niaiseries, Johnny! Si jamais la police découvre le secret de cette bague, tu vas le payer cher!

Johnny Simard sort en vitesse du cachot.

Resté seul avec Mélanie, l'homme la considère maintenant avec pitié...

— Johnny a raison. Dans quelques jours, tu seras devenue une loque humaine sans aucune volonté. Ta mémoire et ta personnalité sont en train de s'effacer à chaque minute qui passe. Regarde-toi, tu ne peux même plus me dire où se trouve la bague à diamant bleu que je cherche tant...

Sur ces mots, il ressort du cachot et verrouille le loquet extérieur à double tour.

*   *

*

Le dimanche matin, Dubuc est au bureau de Blanchette depuis plus d'une demi-heure. Trop énervé pour s'asseoir, il tourne en rond comme un lion en cage. Le détective de la police de Toronto est allé consulter un technicien en informatique pour lui faire examiner la minuscule clé USB qui était dissimulée à l'intérieur du diamant bleu de la bague du Caméléon. Le cellulaire sonne. C'est Lucien Langlois.

Sa voix est sombre. Il sait trop bien qu'à chaque jour qui passe, les chances que Dubuc retrouve sa nièce vivante diminuent...

— J'ai parlé aux parents de Francis Francœur, comme tu me l'avais demandé, dit-il. D'après eux, il a été victime de Sophie...

— Quoi ? rugit Dubuc.

— Ses parents disent que Francis est un garçon naturellement gentil. S'il a été impliqué dans le transport de la drogue pour Johnny Simard, c'est à cause d'elle. Ils prétendent que cette fille avait tellement d'emprise sur lui qu'elle contrôlait toute sa personnalité. Il se serait jeté en bas d'un pont pour elle ! En sa présence, il n'était plus le même garçon. Ses parents disent que son coup de foudre pour Sophie a eu l'équivalent d'un véritable lavage de cerveau. Francis ne savait plus distinguer le bien du mal...

Mais Dubuc refuse d'être aussi conciliant.

— Bout de chandelle, si jamais Mélanie ne revient pas, j'en tiendrai Francis Francœur personnellement responsable ! N'oublie pas une chose, Lulu, c'est quand même lui qui l'a trahie en l'amenant aux toilettes du zoo de Toronto ! La bande vidéo a bien démontré que l'enlèvement de Mélanie a été un coup monté dans les moindres détails !

Lucien Langlois se prépare à raccrocher.

— Tu refuses d'accorder le bénéfice du doute à Francis ?

— Parfaitement ! Et j'ai l'intention de virer la ville de Toronto à l'envers pour le retrouver, le sacripant ! C'est la seule piste qu'on a pour revoir un jour Mélanie vivante !

Pendant qu'il parle avec Lucien Langlois, Dubuc aperçoit Blanchette qui se dirige vers lui. Il prend congé de Lulu.

*　*

*

Les deux détectives entrent dans une pièce feutrée. L'homme au clavier semble être un technicien. Trois autres ordinateurs trônent sur des tables tout près.

— Roméo, j'ai remis à notre spécialiste ce qui est une vraie clé USB, probablement l'une des plus petites au monde ! Ça explique pourquoi le Caméléon et son organisation veulent à tout prix récupérer le diamant bleu !

Dubuc se sent bouillir à l'intérieur.

— Qu'est-ce qu'elle a de tellement spécial, cette clé USB ?

Pour toute réponse, Blanchette s'assoit à l'ordinateur où est inséré le minuscule objet.

— *Check* ça, Roméo, tu vas capoter : le diamant bleu sur le dessus de la bague est vide en dedans. Il est *vissé* à l'anneau qui est en dessous, un peu comme une ampoule électrique dans une douille. Ça permet de cacher dedans une très petite clé USB. Cette clé-là, mon homme, contient une liste secrète avec des codes mystérieux. Même pour

　　　　Cadavres à la sauce chinoise

notre spécialiste, ç'a pris un adaptateur spécial pour lire le contenu.

Perché par-dessus l'épaule de Blanchette, Dubuc voit la liste suivante à l'écran :

Mary-Jane Borrows D1, 09-04
Eva Benvenito D2, 23-06
Bridget Sanders --, 02-08
Sylvia Pasquale D-1, 30-10
Jessica Delisle --, 07-11
Gloria Carpetti D-2, 14-12
Sophie Létourneau D-2, 07-01
Ingrid Darrington D-2, 09-04
Anita Witters D-1, 18-03
Sue Helen Ruthland D-1, 14-07
Sandra Feathersone D-1, 11-08
Mélanie Dubuc-Morin --, 25-08
Rita Humphreys D-2, 12-0
Peggy Simmons, --, 22-11
Elizabeth Travis D-2, 08-12

Dubuc réagit assez violemment en apercevant le nom de sa nièce Mélanie Dubuc-Morin vers la fin.

— C'est *quekchose*, hein ? dit Blanchette. À première vue, ça pourrait être une liste des jeunes filles liées au réseau de prostitution du Caméléon. Regarde le nom juste avant Sophie, c'est Gloria Carpetti, la fille qui a disparu de l'immeuble de madame Krikri il y a six mois !

Dubuc scrute la liste à son tour.

— Et trois autres noms sous Sophie : Anita Witters, Sue Helen Ruthland et Sandra Feather- stone. On sait que ces trois filles-là ont été bonnes d'enfant chez Patty Morris après Sophie !

Dubuc se gratte le front, incrédule.

– Comment est-ce possible que le nom de Mélanie soit là, comme les trois bonnes d'enfants engagées récemment par Patty, d'ailleurs ? Sophie avait cette bague sur elle lorsqu'elle a rencontré Mélanie au restaurant Dragon Pearl, il y a trois semaines. Depuis, aucun nom n'a évidemment pu être ajouté sur cette clé USB, puisque c'est Mélanie qui avait la bague avec elle.

Le détective Blanchette avait prévu la question.

– Pour moi, ces filles-là étaient *spottées* depuis des semaines, sinon des mois, pour être les *prochaines victimes* recrutées par le Caméléon. Prends le cas de Mélanie. Sophie savait qu'elle viendrait étudier à Toronto, elles s'envoyaient régulièrement des messages. Regarde les trois derniers noms sur la liste : Rita Humphreys, Peggy Simmons et Elizabeth Travis.

– Connais pas, fait Dubuc.

– Moi non plus, mais tu peux être certain que l'organisation du Caméléon prévoit probablement les faire venir à Toronto, d'une façon ou d'une autre, pour son réseau de prostitution.

Dubuc penche brusquement la tête. Il pense à Mélanie. L'émotion l'envahit. Où est-elle ? Que vont-ils faire d'elle ? Est-elle déjà forcée de se prostituer dans les bordels de Toronto ? Est-elle même *encore en vie* ?

*   *

*

Pour briser la tension qui s'est installée, le détective Blanchette est allé chercher du café dans l'autre pièce, puis revient.

– Roméo, regarde les codes D-1 et D-2 au bout du nom de certaines filles. As-tu une idée ? Moi, je suis fourré ben raide !

Dubuc reprend son aplomb et scrute à nouveau l'écran de l'ordinateur.

– Eh bien, on voit que Gloria Carpetti et Sophie Létourneau ont toutes deux le code « D-2 ». On sait aussi que ces deux filles-là logeaient chez madame Krikri lorsqu'elles ont disparu.

Blanchette commence à comprendre.

– Donc, si on suit ta logique… le code « D-1 » après les noms d'Anita Witters, Sue Helen Ruthland et Sandra Feathersone pourrait correspondre aux filles qui ont travaillé chez Patty Morris après la mort de Sophie. C'est ça ?

Dubuc risque une première explication.

– O.K., alors supposons que « D-1 » correspond aux filles envoyées chez Parry Morris dès leur arrivée à Toronto et « D-2 » à celles envoyées chez madame Krikri. Quant aux tirets, disons que la destination des filles n'était pas encore confirmée, comme pour Mélanie. Ça marche ?

Blanchette approuve.

– C'est pas vilain. Mais les séquences de chiffres comme « 09-04 », « 23-06 » ? On dirait des dates. T'en penses quoi ?

– Possible, rétorque Dubuc. Mélanie m'a dit qu'elle n'avait pas vu Sophie depuis huit mois. D'après la date « 07-01 » qui suit son nom, Sophie serait arrivée ici le 7 janvier et on est maintenant en septembre. Ça pourrait correspondre. La date après le nom de Mélanie est le « 01-09 », et nous sommes arrivés ici à la fin août pour lui trouver un appartement.

Le détective Blanchette ajoute :

— Si on regarde ces dates-là depuis le début, on peut voir que l'inscription des jeunes filles sur cette liste secrète du Caméléon se passe sur une année et demie, c'est-à-dire depuis le mois d'avril l'an dernier, jusqu'en décembre cette année.

Dubuc examine à nouveau la liste.

— Bout de chandelle! Regarde ce nom... Rita Humphreys. Il est suivi du code R-2, 12-09 après son nom. D'après notre raisonnement, ça voudrait dire une autre fille qui va arriver chez madame Krikri le 12 septembre. C'est bientôt...

— C'est *aujourd'hui*! s'écrie Blanchette.

21

Dans l'entrepôt où Mélanie est retenue prisonnière, tout est silencieux. Seuls les tuyaux d'air qui circulent au plafond claquent à intervalles réguliers. Près de la cage fermée à double tour, Irving Wong est assis sur une chaise, dans la demi-pénombre de fin de journée de ce dimanche et s'efforce de rester éveillé.

Soudain, un bruit. Des pas qui se rapprochent. Vite, il dégaine son revolver et le pointe dans le noir. Francis Francœur s'avance en levant amicalement la main.

— Hé, calme-toi, Irving ! Je t'ai apporté des nouilles chinoises pour souper.

Mais le Chinois aux cheveux blonds et à la cicatrice est prudent et demande d'un ton bourru :

— Que viens-tu faire ici ?

Francis avait prévu la question.

— Euh, j'ai un message du patron. Il veut te voir demain matin sans faute au Shanghai Palace.

— Il aurait pu m'appeler, le *boss*.

Francis se penche vers lui et murmure :

— Il pense que sa ligne de téléphone est surveillée !

La réponse semble satisfaire Wong. Le gardien de Mélanie se rassoit, prend les baguettes et commence à manger avec appétit.

— Alors, dis-lui que j'irai demain matin. Va-t'en maintenant !

Francis fait mine de s'éloigner, mais reste caché derrière une poutre de l'entrepôt. Une dizaine de minutes plus tard, le puissant somnifère dont il a saupoudré le repas fait son effet. Il entend le plat de nouilles tomber bruyamment sur le béton. Irving Wong est endormi. Sans perdre un instant, l'adolescent prend la lampe de poche du geôlier et se précipite pour débarrer la porte verrouillée à double tour.

Le faisceau de sa lampe balaie l'intérieur de la prison obscure, ce qui fait fuir deux rats poussant des cris stridents. Tout au fond de la geôle, Francis aperçoit une forme humaine étendue à plat ventre sur les couvertures nauséabondes. Il s'accroupit près de Mélanie et lui prend le poignet : les palpitations cardiaques de l'adolescente sont irrégulières. Il met la main sur son bras : elle tremble comme si tout son corps était traversé par une décharge électrique...

Francis pose la tête de Mélanie sur ses genoux et lui caresse affectueusement les cheveux. Elle a le visage sale et enflé, les cheveux gras et emmêlés. Lentement, très lentement, elle tente d'ouvrir les yeux...

— Mélanie, si tu savais comme je regrette le mal que je t'ai fait... tout ce qui t'arrive, c'est à cause de moi ! J'ai été une vraie tête folle d'écouter Sophie ! Mais j'étais en amour avec elle et ça m'a fait capoter ! Après un certain temps, Johnny Simard a menacé de faire exploser le garage de

     Cadavres à la sauce chinoise

mon père si je disparaissais ! Mais c'est fini tout ça ! On va reprendre ensemble, parole de Francis !

Mélanie est semi-consciente. Un mince filet de sang s'échappe de ses narines. Intrigué, il lui soulève une paupière et à la lumière de sa lampe de poche, il éclaire sa pupille dilatée : deux signes évidents de surconsommation de drogue.

— Pauvre chouette, ils t'ont droguée pour que tu arrêtes de leur résister. Johnny m'a menti ! Il disait que tu serais kidnappée seulement pour les aider à retrouver la bague du Caméléon. Maintenant, ils veulent te prostituer. Viens, il faut aller à l'hôpital...

Francis tente de remettre Mélanie sur ses pieds, mais sans succès. Autant essayer de faire marcher une marionnette géante désarticulée. En désespoir de cause, il la prend dans ses bras, sort de la cage et la transporte jusqu'à sa voiture, derrière le hangar. Heureusement pour eux, Irving Wong est seul dans l'entrepôt ce soir.

En route pour l'hôpital, Francis fait un appel, mais tombe sur le répondeur.

— Roméo, c'est Francis ! Écoute, je t'expliquerai tout ça plus tard, mais j'ai Mélanie avec moi ! On s'en va à l'urgence de l'Hôpital général de Toronto. Rejoins-moi là-bas au plus sacrant !

Une demi-heure après, l'adolescent laisse sa voiture devant l'hôpital et fait signe aux ambulanciers de venir chercher Mélanie. Dans la petite salle où l'adolescente est amenée, une infirmière les attend pour faire les premières constatations. Un médecin arrive quelques minutes plus tard.

— Retournez dans la salle d'attente ! ordonne la garde-malade à Francis, en tirant un rideau tout autour du lit. Nous allons nous occuper de Mélanie !

L'adolescent refuse, méfiant.

— Pas question. Et puis, comment savez-vous qu'elle s'appelle Mélanie ? Personne ne m'a encore demandé son nom !

Pour toute réponse, le « médecin » derrière lui s'empare du scalpel posé sur une table tout près et frappe violemment Francis à plusieurs reprises dans le dos.

— Lâche ton couteau ! lance une voix dans la salle d'urgence.

L'homme fait la sourde oreille.

Un coup de feu éclate...

Atteint d'une balle à l'épaule, l'agresseur de Francis s'écroule au sol.

Blanchette est derrière lui, un pistolet encore fumant à la main...

Pendant ce temps, le policier venu avec Blanchette et Dubuc a menotté l'infirmière. Du personnel arrive pour vérifier l'état de santé de Francis, allongé sur le plancher et saignant abondamment.

Dubuc s'est précipité vers le lit de sa nièce. Il ouvre le rideau et s'approche de Mélanie, toujours inconsciente. Il s'assoit près d'elle et lui prend la main. Depuis des jours, depuis des semaines en fait, Dubuc a voulu être un rempart pour elle, la protéger d'une menace qui, tôt ou tard, s'abattrait inévitablement sur elle. C'était écrit dans le ciel depuis la mort de Sophie ! Les témoins d'actes criminels, les témoins de meurtres, il en a connu plusieurs dans sa longue carrière à la Sûreté du Québec. Ce sont souvent de braves gens simplement au mauvais endroit, au mauvais moment. Beaucoup sont prêts à aider le système de justice à mettre de dangereux criminels derrière les barreaux. Mais ce faisant, ils s'exposent aux menaces, au chantage et même aux coups mortels !

Dubuc sursaute.

La main gauche de Mélanie vient de serrer faiblement la sienne. Ses lèvres ont bougé…

*   *

*

Après avoir fait poster un policier devant la chambre d'hôpital de sa nièce qui recouvre peu à peu ses esprits, Dubuc attrape Blanchette par le bras.

— Vite, chez madame Krikri !

À leur arrivée au 754, rue Pape en milieu de soirée, les deux détectives voient un taxi qui vient tout juste de repartir. Dans le hall d'entrée, Mme Krikri est tout sourire et au comble de la gentillesse. Elle embrasse avec effusion la nouvelle venue, une ravissante jeune fille d'une vingtaine d'années aux longs cheveux blonds, qui dépose sa valise. Quelques guirlandes colorées ont même été installées dans le vestibule pour l'occasion.

— Ah, venez, venez mes amis, que je vous présente Rita Humphreys. Elle est originaire d'un petit village de la Nouvelle-Écosse. C'est ma nouvelle locataire ! Viens Rita, je vais te faire visiter ton appartement. Celui d'Ingrid Darrington est justement vacant. Nous avions tellement hâte de faire ta connaissance. Tu es aussi ravissante que sur ta photo, tu sais !

Rita rougit du compliment.

La scène confirme aux deux enquêteurs ce que leur a suggéré la liste secrète cachée sur la clé USB

– l'arrivée le dimanche 12 septembre à l'immeuble de Mme Krikri de Rita Humphreys, une autre jeune fille destinée au réseau de prostitution du Caméléon…

Après cet accueil, Dubuc et Blanchette amènent Mme Krikri dans la cuisine de son appartement. Dubuc va droit au but.

– Nous avons de très bonnes raisons de croire que vous êtes impliquée dans l'organisation du Caméléon, madame Krikri !

La logeuse éclate de rire, puis se met à gesticuler.

– Mais vous êtes le champion des accusations très graves et gratuites, mon ami !

Les deux policiers se regardent, interloqués. Ils s'attendaient que Mme Krikri demande qui diable était cette « organisation du Caméléon » dont parlait Dubuc, mais elle ne le fait pas. Tout indique qu'elle la connaît déjà…

– Messieurs, je l'ai déjà dit au détective Blanchette qui vous accompagne : Gloria Scarpetti habitait ici lors de sa disparition, et Sophie Létourneau habitait ici lorsqu'elle a été tuée, mais ça ne fait pas pour autant de moi une criminelle ! N'oubliez pas que ces deux filles-là n'étaient pas des anges du Paradis, si vous voyez ce que je veux dire !

Le détective Blanchette déplie devant elle une feuille de papier.

– Nous avons des preuves sérieuses. Voici une liste secrète cachée dans la bague à diamant bleu du Caméléon et qui prévoit l'arrivée de Rita Humphreys chez vous à Toronto, aujourd'hui même le 12 septembre, pour l'intégrer à son réseau de prostitution. Dans une ville de plus de trois millions d'habitants, c'est un méchant hasard que

   Cadavres à la sauce chinoise

Rita vienne justement habiter *chez vous*, n'est-ce pas madame Krikri ?

— Rita Humphreys est une jeune fille très bien, messieurs ! dit la logeuse en se levant. Elle et moi échangeons des courriels depuis plusieurs mois. Elle voulait venir vivre à Toronto. Comme à Ingrid Darrington avant elle, je lui ai dit qu'elle pourrait me rembourser lorsqu'elle aurait trouvé du travail. Essayez donc d'en trouver à Toronto, des propriétaires d'immeubles à logements qui sont aussi généreux que moi, mes amis. Vous allez chercher longtemps ! Je vous garantis que c'est pas évident !

— Où étiez-vous vendredi soir entre 19 h et 21 h ?

La logeuse reste indécise un instant.

— Dans mon appartement, à regarder la télévision.

— Quelle émission avez-vous regardée entre 19 h et 21 h ? insiste Dubuc.

— Eh bien… je… *Jeopardy*, comme d'habitude…

Dubuc tourne la tête vers son collègue, qui explique que c'est un jeu télévisé à la télévision anglaise. Puis, Blanchette prend une copie du *TV Hebdo* qui traîne sur la table et le feuillette. Ensuite, il se lève et passe les menottes aux poignets de la logeuse.

— Mauvaise réponse, madame Krikri. *Jeopardy* n'est plus à l'horaire.

Dubuc précise :

— La bonne réponse, madame Krikri, c'est qu'à 19 heures, vous étiez dans la prison où était enfermée Mélanie. Ma nièce me l'a confirmé de son lit d'hôpital tout à l'heure.

*　*

*

À l'Hôpital général de Toronto, le médecin discute avec Dubuc et Blanchette. Il leur explique que pendant ses deux journées de captivité, Mélanie a été droguée pour briser sa résistance mentale. Heureusement, la drogue n'a pas eu de conséquences irréversibles. Par contre, il était temps qu'elle sorte de cet enfer.

— Et Francis ? demande Dubuc.

— Pour ce garçon, le pronostic est plus sombre. Il a été poignardé dans le dos à plusieurs reprises, et quelques coups ont atteint des organes internes, ce qui pourrait nécessiter plusieurs interventions chirurgicales. Il va rester en observation pendant plusieurs semaines, sinon plusieurs mois à l'hôpital.

Puis, le médecin se tourne d'un air perplexe vers Blanchette, cherchant à comprendre.

— Ce soir, nous avons perdu deux bons employés, prêts à tout pour éliminer Mélanie et Francis. Comment est-ce possible ? Cette infirmière et ce médecin travaillaient à notre hôpital depuis plusieurs années.

Blanchette précise :

— Vous ne pouviez pas savoir que tous les deux faisaient partie d'un petit réseau de prostitution contrôlé par le Caméléon. Ils ne sont pas ici par hasard. Leur travail à l'urgence leur permet de repérer facilement des jeunes *junkies*, et de les recruter en leur fournissant de l'argent et de la drogue. Ce soir, ils ont été prévenus de l'arrivée de Mélanie et de Francis par Irving Wong, un partenaire du Caméléon.

　　　　　Cadavres à la sauce chinoise

Le cellulaire du détective Blanchette sonne. Il écoute attentivement et prend quelques notes. Lorsqu'il raccroche, ses yeux brillent d'une profonde intensité.

— C'était le bureau. Tu te souviens de la boutique Golden Asia ?

— Là où Mélanie et moi avons rencontré Billy Nguyen et son patron Irving Wong ?

— On a vérifié. La boutique appartient en réalité à notre « ouvreur de portes », Patrick Zhen ! Pareil pour le restaurant Dragon Pearl où Sophie a été retrouvée morte, figure-toi donc !

*   *

*

Vers 22 heures le dimanche soir, Blanchette et Dubuc sont en route pour le restaurant Bamboo Marsh. À leur arrivée, l'établissement est bondé. D'après Blanchette, il doit y avoir environ 200 personnes dans la salle. Le détective remarque tout de suite Patrick Zhen assis tout au fond, à sa table habituelle, entouré de cinq autres hommes, en discussion animée. Plusieurs hôtesses et des serveurs circulent pendant que de larges écrans de télévision installés le long des murs diffusent des spectacles de Hong Kong. Sur une scène, une jeune Chinoise chante du karaoké, mais sa voix est dominée par le brouhaha dans la salle.

Se déplaçant entre les tables, Blanchette, Dubuc et un groupe de policiers s'avancent résolument vers M. Zhen. L'homme d'affaires se lève brusquement, devinant que ça va mal. D'un geste, il ordonne à ses cinq hommes de main de rester calmes et de ne pas utiliser leurs armes. Cependant, l'un d'eux réagit nerveusement et sort son pistolet. Dubuc l'agrippe et envoie bruyamment le garde du corps planer sur une table voisine, ce qui fait voler en éclats la vaisselle et fuir les clients attablés.

Après cette diversion qui n'a même pas duré trois minutes, les yeux de Blanchette font le tour de la table. Une chaise est déserte...

— *Shit!* Monsieur Zhen a sacré le camp! lance-t-il, en palpant les lourdes draperies pour vérifier où il s'est enfui.

Dubuc l'imite, faisant le tour de l'autre côté de la salle, pendant que les policiers tiennent en joue les cinq hommes de main de M. Zhen. Près des tentures, Dubuc découvre une porte et l'ouvre. Elle semble mener à la cave. Le policier descend prudemment l'escalier étroit et se retrouve dans une salle de dimensions moyennes, bien éclairée et remplie de miroirs verticaux...

La porte se referme brusquement derrière lui.

Dubuc aperçoit momentanément le reflet de Patrick Zhen qui ricane dans l'un des miroirs, mais le perd aussitôt. Impossible de le voir dans la pièce!

— Ah, Sergent Dubuc, votre curiosité vous aura coûté cher! Vous auriez mieux fait de rester dans votre petite ville du Québec!

Dubuc pompe encore l'adrénaline, après s'être débarrassé du garde du corps. Il se déplace nerveusement, à la recherche d'un reflet de M. Zhen qui semble apparaître et disparaître comme par magie dans les nombreux miroirs de cette salle.

— Trop tard, monsieur Zhen! La police sait maintenant que votre organisation contrôle la boutique Golden Asia et le restaurant Dragon Pearl, où Sophie a été tuée. Vous avez aussi éliminé Patty Morris et madame Krikri est maintenant en prison.

     Cadavres à la sauce chinoise

Grâce à ses aveux, la police est présentement au Bikini Club pour arrêter Johnny Simard. C'est fini pour vous! Votre organisation est en train de s'écrouler, monsieur Zhen! Sortez de là!

Des rires retentissent. Soudain, un couteau vole à quelques centimètres de la tête de Dubuc, qui n'a rien vu venir. L'arme percute bruyamment un miroir.

– Connaissez-vous les miroirs chinois, Sergent Dubuc? Dans la mythologie, ils ne sont pas seulement une surface de verre, mais représentent le yin et le yang. Le jour et la nuit. La lumière et les ténèbres. Regardez bien les glaces devant vous, Inspecteur! J'utilise cette salle pour développer les réflexes de mes futurs gardes du corps. Malheureusement, la majorité d'entre eux échoue au test! Ils repartent d'ici vivants, bien sûr, mais vous, Sergent Dubuc, vous n'aurez pas cette chance!

– C'est terminé pour vous, monsieur Zhen! répète le détective.

Sans prévenir, Patrick Zhen apparaît dans le dos de Dubuc, pendant que celui-ci constate que les miroirs devant lui sont vides! Le policier se retourne brusquement, mais trop tard. Son adversaire a dégainé une longue épée contenue dans sa canne à pommeau d'or et l'enfonce dans le bras gauche du détective. Dubuc pousse un hurlement de douleur. L'instant d'après, un deuxième coup à la jambe le fauche. Étendu au sol sur le dos, il est incapable de se relever.

Patrick Zhen s'est avancé. Il est maintenant debout au-dessus de Dubuc, les jambes écartées. La pointe de sa longue épée est appuyée sur la gorge du policier. Il a le sourire fier et la posture hautaine d'un Grand Mandarin. Mais alors qu'il s'apprête à enfoncer la lame, Dubuc plonge la main dans la poche de son veston. Un coup de feu traverse le tissu, puis deux, puis trois, puis quatre...

Patrick Zhen s'écroule, mortellement atteint à la tête et à la poitrine.

Le pistolet 9 mm que Dave Blanchette avait secrètement remis à Dubuc vient de lui sauver la vie...

Épilogue

— T'es sérieux, mon homme ? Tu repars aujourd'hui pour Chesterville ?

Debout à l'extérieur du poste de police de Toronto, Dave Blanchette est venu dire au revoir à Roméo Dubuc, le bras gauche retenu par une écharpe.

— Tu n'es pas juste un collègue, Dave, mais un véritable ami de la famille. Promets-moi de venir me voir en Estrie !

— Promis, Roméo ! T'es ben *smatte* d'avoir participé à l'enquête !

— C'est moi qui dois te remercier, mon vieux. Sans toi, on n'aurait peut-être jamais retrouvé ma chère nièce...

— Parlant de Mélanie, ajoute Blanchette, j'ai appris une bonne nouvelle. Avec la collaboration de madame Krikri, on a retracé dans les réseaux de prostitution de Toronto presque toutes les filles disparues qui étaient sur la liste du Caméléon, y compris la « vraie Sandra » qui avait travaillé chez Patty Morris. Leurs familles sont déjà prévenues. On va les sortir de là !

— Avez-vous réussi à arrêter la « fausse Sandra » qui a tué Patty ? demande Dubuc.

– *You bet!* Comme tu le sais, la fille avait laissé ses empreintes sur le verre dans la cuisine de Patty. Elle aussi faisait partie du réseau du Caméléon.

Dubuc a une pensée tendre pour Sophie Létourneau.

– C'est réconfortant de savoir qu'elle n'est pas morte inutilement. En donnant cette bague à diamant bleu à Mélanie au restaurant, elle aura aidé la police à retracer ces filles disparues dans les réseaux de prostitution de Toronto. Mais est-ce que Sophie savait vraiment ce qu'il y avait à l'intérieur de la bague? On l'apprendra probablement jamais...

Peu enclin au sentimentalisme, il se retourne brusquement pour monter dans le taxi d'Elvis Bianco. Mélanie s'assoit à côté de lui sur le siège arrière.

– Bon, je fais mieux de filer à l'aéroport pour ne pas rater mon avion!

En route, Elvis a remarqué l'air taciturne de ses deux passagers et s'efforce de faire des blagues pour détendre l'atmosphère. Mélanie est triste elle aussi, puisqu'elle poursuit son année d'études au collège d'arts culinaires, mais sans la présence de son parrain.

À l'aéroport, Elvis serre la main de Dubuc, tandis que Mélanie vient se blottir contre lui. Le policier devine toute la reconnaissance qu'elle tente de lui témoigner à sa façon, avant de le laisser partir.

– Oh! Faut prendre des photos en souvenir, oncle Roméo!

Mélanie sort son cellulaire et le remet à un voyageur qui passe tout près.

– Monsieur, prenez quelques photos de nous trois, s'il vous plaît!

     Cadavres à la sauce chinoise

Mélanie saisit le bras d'Elvis Bianco et celui de Dubuc, et tout le monde sourit.

Clic! Clic! Clic!

Avant de remonter dans le taxi d'Elvis, elle lance à son oncle :

— Je t'envoie les photos dans cinq minutes, c'est promis!

Le taxi d'Elvis repart pour le centre-ville.

Une fois installé dans l'avion, Dubuc rejette la tête en arrière et ferme les yeux. Toute cette démonstration émotive l'a épuisé. Son téléphone vibre soudain, signalant l'arrivée des photos promises par Mélanie. Le bras gauche en écharpe, Dubuc tente maladroitement de les ouvrir et s'attarde à celle de sa nièce entourée de lui et d'Elvis. Il regarde la scène un long instant, comme s'il voulait imprégner à jamais ce souvenir dans sa mémoire. Mais soudain, quelque chose le tracasse. Avec le pouce et l'index, il zoome la photo au maximum sur le petit écran de son cellulaire.

« Nous vous remercions d'avoir choisi Air Canada. En préparation au décollage, veuillez redresser votre siège et attacher votre ceinture… »

Tout d'abord, Dubuc refuse de croire ce qu'il voit. Les yeux exorbités, il tente de se convaincre que ce n'est pas possible.

— Non, non et non!

Affolé, il compose le numéro de sa nièce, mais atteint son répondeur.

— Mélanie! Mélanie, écoute-moi bien : sors immédiatement du taxi d'Elvis Bianco, m'entends-tu! Sur la photo que tu m'as envoyée, Elvis a le bras gauche en l'air et en zoomant l'image, j'aperçois l'extrémité de ce qui ressemble à un tatouage rouge sur son épaule. Je peux me tromper, j'espère me tromper, mais on n'a pas de chance à prendre. Je t'en supplie, sors immédiatement du taxi d'Elvis ! J'appelle Blanchette !

Il clique frénétiquement de ses gros doigts sur l'écran trop petit pendant que continue le message enregistré.

« Veuillez s'il vous plaît éteindre temporairement vos appareils... »

L'avion d'Air Canada décolle de la piste.

* *
*

Sur le chemin du retour, entre l'aéroport Pearson et le centre-ville de Toronto, Elvis Bianco a haussé le volume de la radio qui fait jouer une chansonnette italienne. Le chauffeur de taxi s'amuse à zigzaguer entre les voitures sur l'autoroute 427, ce qui donne un haut-le-cœur à Mélanie.

Pour calmer son estomac, l'adolescente cherche de la gomme à mâcher, mais son paquet est dans son sac à main, resté sur le siège arrière avec son cellulaire. Elle se souvient soudain qu'Elvis lui avait offert de la gomme, à elle et à Sophie, en les ramenant de l'aéroport la première fois. Elle ouvre la boîte à gants encombrée et fouille à l'intérieur.

Du bout des doigts, Mélanie tâte un flacon d'aspirines, quelques cartes routières, un sac d'arachides et un tournevis. Au fond du compartiment, sa main saisit tout à coup un objet qu'elle reconnaît avec stupeur...

Un petit sac à main rouge.

À propos de l'auteur

Claude Forand a écrit son premier roman d'aventures à l'âge de 15 ans pour un cours de français au secondaire. *Sur la piste des diamants* n'a jamais été publié, mais lui a donné le goût de poursuivre un jour dans cette voie. Après des études en sciences politiques et en journalisme, il s'est dit que la pratique du journalisme lui permettrait de gagner sa vie et de s'adonner à ce qu'il aimait le plus : l'écriture.

Claude a d'abord travaillé pendant cinq ans dans des journaux hebdomadaires, où il a appris à découvrir les dessous fascinants de la vie dans les petites villes grâce à son arme secrète : une grande curiosité pour tout ce qui l'entoure. Ce qu'il a retenu de ses premières années de pratique journalistique se résume en quelques mots : une langue régionale très colorée, des personnages souvent intrigants, des situations parfois louches... c'est dans ce matériel inépuisable qu'il revient constamment chercher son inspiration.

Quand il s'est installé à Toronto, le travail de journalisme à la pige l'a occupé pendant une vingtaine d'années, notamment pour des magazines scientifiques, d'affaires et d'économie. Claude a aussi été journaliste à la radio de Radio-Canada (Toronto) pendant sept ans. Au début des années 2000, il s'est réorienté vers la pratique de la traduction, qui l'occupe maintenant à temps plein comme traducteur agréé.

En 1998, Claude a publié son premier recueil de nouvelles *Le perroquet qui fumait la pipe – et autres nouvelles insolites*. L'année suivante paraissait un premier roman, *Le cri du chat*, un polar noir inspiré en partie d'un reportage qu'il avait écrit sur le satanisme et où apparaissait pour la première fois le sergent-détective Roméo Dubuc, enquêteur de la Sûreté du Québec dans la ville fictive de Chesterville en Estrie.

En 2006, Claude ramenait son détective vedette dans un deuxième polar, *Ainsi parle le Saigneur*, dans lequel un fanatique religieux commet des meurtres en série à Chesterville. Après avoir publié en 2009 un autre recueil de nouvelles, *On fait quoi avec le cadavre?*, Claude fait paraître en 2011 *Un moine trop bavard*, dans lequel le sergent Roméo Dubuc et son fidèle comparse, Lucien Langlois, doivent enquêter sur un monastère « pas très catholique ».

Ces trois polars évoluant sur fond religieux sont suivis en 2014 par *Le député décapité*, une

   Cadavres à la sauce chinoise

histoire de meurtres, de magouille politique et d'argent sale. Claude Forand entraîne maintenant pour la première fois l'inspecteur Dubuc (et ses lecteurs!) loin de Chesterville pour affronter de nombreux périls dans le Chinatown de Toronto.

Collection dirigée par Renée Joyal

BÉLANGER, Pierre-Luc

24 heures de liberté, 2013.
Ski, Blanche et avalanche, 2015.

CANCIANI, Katia

178 secondes, 2015.

DUBOIS, Gilles

Nanuktalva, 2016.

FORAND, Claude

Ainsi parle le Saigneur (polar), 2007.
On fait quoi avec le cadavre ? (nouvelles), 2009.
Un moine trop bavard (polar), 2011.
Le député décapité (polar), 2014.
Cadavres à la sauce chinoise (polar), 2016.

LAFRAMBOISE, Michèle

Le projet Ithuriel, 2012.

LAROCQUE, Jean-Claude et Denis SAUVÉ

Étienne Brûlé. Le fils de Champlain (Tome 1), 2010.
Étienne Brûlé. Le fils des Hurons (Tome 2), 2010.
Étienne Brûlé. Le fils sacrifié (Tome 3), 2011.
John et le Règlement 17, 2014.

MALLET-PARENT, Jocelyne

Le silence de la Restigouche, 2014.

MARCHILDON, Daniel

La première guerre de Toronto, 2010.

Olsen, K.E

Élise et Beethoven, 2014.

Périès, Didier

Mystères à Natagamau. Opération Clandestino, 2013.
Mystères à Natagamau. Le secret du borgne, 2016.

Renaud, Jean-Baptiste

Les orphelins. Rémi et Luc-John (Tome 1), 2014.
Les orphelins. Rémi à la guerre (Tome 2), 2015.

Royer, Louise

iPod et minijupe au 18ᵉ siècle, 2011.
Culotte et redingote au 21ᵉ siècle, 2012.
Bastille et dynamite, 2015.

Couverture : *Kensington Market* (Toronto),
Alex Cameron (www.flickr.com/people/alexcameron) ;
©Molostock | Shutterstock® images
Photographie de l'auteur : Studio de photographie Horvath
Maquette et mise en pages : Anne-Marie Berthiaume
Révision : Frèdelin Leroux